U0450670

陈丹燕
阅历
三部曲

上海色拉

陈丹燕 著

浙江出版联合集团
浙江文艺出版社

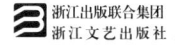

目录

洋山芋

上海色拉 / 003

上海音乐厅 / 007

地图册 / 016

上海咖啡馆的编年史 / 019

虹桥的万国公墓 / 027

八十年代的婚礼 / 037

洋葱

瑞金二路上一间安静的客厅 / 045

淮海路上的尼可 / 050

烟台苹果

五原路的景象 / 059

箱子 / 072

旗袍沧桑记 / 081

我的棉袄 / 087

没有红绿灯的马路 / 090

让我再做一次你的孩子吧 / 094

什么时候不再唱歌 / 101

成为一棵树 / 103

陈丹燕这个人 / 109

第二食品商店的红肠

我的安徒生 / 117

来自印度的短诗 / 122

流动的圣节 / 124

笔会 / 126

回家 / 132

自述 / 136

奢侈的感觉 / 146

风花 / 148

华亭路街角的书店 / 150

读书的姿势 / 154

法拉奇 / 157

冬天的阴郁 / 161

一枚蛋黄

上海女子的自由 / 165

蒂亚迷失在上海 / 168

二两散装色拉油

被隔离的传统 / 179

九十年代的上海 / 186

光明牌中冰砖

星光灿烂之夜 / 195

喜欢别人东西的滋味 / 197

小战士站在杨树下 / 200

跋 / 206

洋山芋

三个新鲜洋山芋,洗净,连皮煮熟,剥皮,切成四分之一麻将牌大小的方块。

上海色拉

有一道冷盘,在上海大大小小的餐馆里都可以点到,甚至无所谓是中餐馆和西餐馆,那就是色拉。

上海的色拉,是将煮熟的土豆切成小方块,一只苹果切成小方块,一些煮熟的青豆粒,还有同样被切成了小方块的红肠,用色拉酱拌成。听红房子西菜馆的人说,1930年,上海红房子西菜馆开张时,菜谱上就有这样做法的色拉供应,作为开胃的头盆。因此,它是一道很有历史的菜。在七八十年代物质匮乏、精神封闭的时候,上海市民的家宴上也常常有这道菜,让大家感觉很洋气。它有一个英文名字:色拉(Salad),像大多数真的进入了上海日常生活的那些舶来物一样,上海人给了它一个洋泾浜式的中国名字,将它的声音翻译成中文用。

然而,这一味冷盘却不是从美国传来上海民间,也不是从德国和法国传来，甚至不是在十月革命以后，在淮海路附近曾经遍地开花的俄国馆子里传来，也许上海色拉与俄国菜里的土豆色拉比较相近，但是上海人在里面习惯地加进去红肠和苹果，于是到底不同。在上海的欧美人不知道 Salad 原来被上海人做成了熟菜。红房子的大菜师傅说，这样的色拉是一味上海"番菜"，那是百年以前，上海人对"改良西餐"的叫法。实在的，我们应该说它是一道地道的上海菜。它综合了法国的水果色拉、俄国的土豆色拉和中国人喜食的熟菜的做法。上海人那愿意尝试从欧美来的新事物的种种特点，成就了上海中西两种餐馆里都能够吃到的一道冷盘。在整个上海都买不到一瓶色拉酱的七十年代，大多数上海孩子都懂得怎么用一双筷子，把一只生蛋黄和色拉油搅拌在一起，一直打到手酸，最后终于将它们搅成手工蛋黄酱，用来拌色拉。在七十年代、八十年代，上海残留的都市生活方式艰难生存的时候，整个中国，只有在上海的油酱店里能买到零拷的八角二分一斤的色拉油，专门用来做拌色拉用的蛋黄酱。我家大门口不远的地方，就有一家油酱店，买色拉油的人常常用一只吃饭用的青花小碗去买二两色拉油，足够拌一盆色拉了。这样的菜式到底要花时间，不是日日会吃的，而南方的燠热常常会使油走味，所以大多数人家都是现做现买色拉油，这也是上海人的精明和经济。

色拉代表着上海人的生活基本方式：亦中亦西，但把它们融化成属于自己的，带着自己这个城市的痕迹。

上海人对自己小心创造、精心保存的生活方式是非常迷恋的。这一点，常常住在上海的人并不自觉，但一旦离开上海，就变得非常突出。他们是一类随着自己的命运奔向四面八方的人，但又是永远不会因为离开上海而改变生活方式、愿意入乡随俗的人，这一点上，上海人自认为很像犹太人。他们认为自己那种中西合璧的生活方式，简直就是最好的。

上海这个城市，充满了非常尖锐的对立，无法统一的格调。街区的不同，甚至影响了住在那个街区的人的表情，这就是长期以来，想要简约地表达和概括上海面貌的人都会败下阵去的原因。也从来没有一本书，一种概括，让淮海路上的上海人和共和新路上的上海人都认同说的就是上海，甚至不能让住在淮海中路上的上海人和住在淮海东路上的上海人认同。当然更不能让从爷爷开始就住在上海的人和大学毕业以后留在上海生活的人互相认同彼此真的就是同乡，抱着同样的观念生活。上海是个招人骂的地方，可是从来没有少过带着梦想来到上海闯世界的人。

上海人,从小在这样冲突、对比和斑驳的环境里成长,将五花八门、生机勃勃、鱼龙混杂的东西融化成为自己的基调,天生的不照搬任何东西,天生的改良所有的文化,使它们最终变成自己喜爱的,在这样的生活方式里,是不是也有一种有人称为顽固、有人称为定力的东西在?

再回到色拉这道菜上来。七十年代以后,美国人不再把自己的国家,特别是纽约这样的移民城市称为熔炉,要把全世界不同文化背景的移民熔炼成单一美国人,他们提出了一个新的口号,美国是盘色拉,各民族和各民族的文化都可以一小块一小块,以原生态保留。

但在上海,连一盘色拉都已按照自己的方法改良过了。上海人的生活方式,从某一点上看,真的非常强劲。

上海音乐厅

只知道上海音乐厅是过去的房子,那时候。并不知道它是由上海工匠造的,更不知道这巴洛克式的小戏院,竟然是二十年代的一个上海人设计的。那个年代的上海人与巴洛克之间的关系,真是微妙。那时候只是以为,这过去的房子是外国人留下来的,就像房客忘了把一双名贵的鞋从住过的房间里带走。经过一个有大理石气息的门厅,记忆中是微黄色的扶梯,像万年青的叶子一样弯弯地向两边伸去,缓缓地上升,像一个真正的巴洛克的宫殿。门厅里总是幽暗的,从前寄存大衣的地方有卖冰激凌和巧克力,冰激凌是光明牌的,巧克力也是上海自己生产的,七角钱一块。也许是因为七十年代的上海总是电力不足的关系吧,发红的灯泡在留下来的旧吊灯里闪烁着殖民气息的乡愁。从前这里有谁来过呢?他们来看过什么样的戏呢?这样的问题像水里的鱼那样无声无息地浮上来，又沉下去，并不真正想要追究一个答案。沿着楼梯上去，那样浅浅的楼梯，就是要让人规矩走路的样子，穿着长裙子，可以走得波澜不兴。一阶，一阶，一阶，渐渐地明白，走路有教养的人，原来在戏院的楼梯上，要走得很沉稳，很庄重，有一点点炫耀的样子，像一只公鸡，傅雷翻译的法国小说里，草婴翻译的俄国小说里，雪夜中，对歌剧院的描写——在眼前浮现出来。想象里，欧·亨利小说里的项链在闪光，托尔斯泰小说里高高的黑色发髻在闪光，巴尔扎克小说里不安分的眼睛在闪光，普希金诗歌里镀银的小望远镜在闪光。隐隐约约在楼梯上，听到乐池里乐队在调音，一团含糊的乐声，烟雾般地升起，小提琴缠绵的神色，大提琴的深得风情，小号像大衣上的金扣子，钢琴像保养得很好的洁白结实的男人的门牙，它们烟雾一样地混在一起。在楼梯尽头的墙上，劈面有一条大镜子，框在墙上繁复的花纹里，它倒映出陈旧的门厅，发红的灯光，黄色的带着花纹的大理石扶手，发黄的顶棚上巴洛克旖旎的花纹，还有一个人影子，蓝布衣服，黑色灯芯绒的布鞋，毛茸茸的短辫子，她是谁呢？她是1972年的我。发黄的老镜子，有质地精良的水银，以七十年代上海出产的那总是变形的镜子无法比拟的准确，反映出了那个雨夜戏院楼梯上无边的惆怅。那时候，是学校组织学生去上海音乐厅看交响乐伴唱《沙家浜》和钢琴伴唱《红灯记》。那是我对上海音乐厅最早的记忆，隔着一支又一支蜡烛式样的壁灯，一弯又一弯巴洛克藤蔓的墙饰，一排又一排套了咖啡色细帆布罩子的靠背椅，舞台上，穿红衣服梳大辫子的李铁梅，用尖细的嗓音坚决地说："奶奶，你听我说！"

它总是旧旧的，站在下着雨的街口。那些去上海音乐厅听音乐会的晚上，好像总是下着雨，大雨或者小雨。音乐厅里充满了潮湿的气味，椅背上挂着八十年代的黑布伞。在门口，跌跌撞撞的黑布伞下，等着买卖音乐会入场券的人，上海人把他们称为黄牛。迎着每一个人，他们轻轻说："票子有哇？"那南方男人浮白的脸上，带着诡异和惊慌，不耐烦和卑微，精明和无聊，那几近痛苦的复杂神色，有时他们问："票子要哇？"他们怕警察来冲击音乐厅门前的黑市。要是有风吹草动，他们会像打碎的体温表里的水银那样迅速地消失在黑布伞的人群里。八十年代的时候，去听一场外国音乐的音乐会，是令人振奋的事。交响乐队在窄小的舞台上，穿着朴素的黑色演出服，意大利民歌，贝多芬，舒伯特的小品，曼托凡尼乐队的改编曲，都在大厅里引起过听众们心里的欢呼。从大学来的年轻人热烈地鼓掌，生怕怠慢了自己坐在音乐厅里欣赏世界名曲的晚上。在乐队加演最后一支《拉德斯基进行曲》的时候，楼上楼下，跟着节拍响亮地鼓着掌，跺着脚，充满了终于夺命回到音乐大同世界的心酸而释然的激情。那时候的每一次音乐会，都是一次确认，一次庆祝，一次欢乐的放声大哭。人们像上了瘾一样地渴望音乐会的门票，那是小小的，一指大小的纸条，五元钱一张票。在门口的黄牛手里，有时可以卖到十五元。穿过细语的人群，黄牛伞上滴下的水打湿了脸和衣服，从他们报出的票价上，我知道了那一场音乐会的质量。他们大多长着非常不抒情的脸，不像是热爱音乐的人，但他们是上海街头最及时、最客观冷静的乐评家，那时许多热情而缺少音乐教养的学生，是在和他们讨价还价的过程中，得到了鉴别乐曲、乐队、指挥和世界级的独奏者的知识的启蒙。那个时刻，他们隆起两个颧骨的、市井气的脸上，渐渐浮现出海水不可斗量的神情："你知道美纽因是谁吗？"他们生气地对杀价的人说，"是全世界最好的一把小提琴了。"至今，我都不知道他们那些世界乐坛的知识到底是从哪里来的。

再看到上海音乐厅,又是一个下着雨的晚上,那一次,是郑京和来演出。这时的上海已经有了一个带着酒店气息的剧场,和一个法国人设计的,带着老上海人贝聿铭卢浮宫金字塔风格的大歌剧院。下雨的时候,要将伞寄存,去听音乐会,要准备礼服,冬天时可以将外面的大衣寄存到穿着制服的职员手里,幕间休息时,可以买到昂贵的法国葡萄酒和哥伦比亚咖啡。小提琴大师郑京和因为突然生病,推迟了演出,所以临时换场,才到上海音乐厅演出。下雨的傍晚,门厅里湿漉漉的,伞尖滴下来的水晕湿了大理石的地面,那原来是真的大理石,从1930年到现在,浅色的地方泛出了黄色,像一本书一样地旧了。旋梯还是那样婉转地向上,上面走着穿大红色中式礼服的女子,那是这一年去听音乐会的时尚,在经历了必须露出一大块后背的西式礼服以后,在上海的中国人和外国人发现,民族化的礼服原来是更时髦的,更戏剧化的,更合适一个音乐会的晚上。那个红旗袍的女子矜持地迈着步子,原来她像鱼缸里的一根水草,而并不像一只公鸡。大理石的扶手上还是凉凉的,门厅里的吊灯还是暗淡的,维护着那时候的落寞和乡愁,就像曼哈顿四十二街上的那些百年以上的老戏院一样,窄小的,褪色的,泛黄的,私密的，内敛的，节制的，在雨天的潮湿里散发着一个老戏院复杂的脂粉和雪茄气。这样的巴洛克戏院，散落在彼得堡、巴伐利亚、巴黎，甚至多伦多的闹市区里，像一个人看完一封信，不想留下它，就将它撕碎了，迎风一撒。楼上走廊上，立柱、浮雕和那条老镜子都在原来的地方，这时才看出了上海巴洛克的规矩，少了巴伐利亚的恣肆。影影绰绰的淡黄色的天棚，灯光，矜持的盛装女子和男子，老镜子里的人影子有了绾起的头发和黑色的衣服，那是 1999 年的我，镜子里那像雾一样的东西，是被渐渐氧化的精良的水银，还有心里的那一些住在上海太久，染上的这个城市的沧海桑田的心情。郑京和握着一把红色的小提琴，站在当年李铁梅的位置上，脸上有一种高丽人天生的决然之气。手起弓落，那些难懂的赋格随之喷涌而出。这时被人轻轻告知，郑京和手里的那把琴，在三十年代曾由另一个小提琴大师带到上海来演出过。三十年代，那天晚上在座的人大约都没有经历过，连同郑京和。而她手里那把正唱着赋格的提琴和天棚上装饰着繁复的巴洛克花饰的音乐厅才是真正的老友，也许那一次小提琴的演奏会也是在这里举行的。过了七十年，一代人已经老得来不动音乐厅了，这老房子和这老琴又遇到一起，它们越过毫不知情的演奏者和听众,亲密地轻拥,你还好吗?提琴在赋格里温柔地问候这房子,房子、楼梯和那条镜子,长长地吁出一口气,带着巴洛克时代的繁文缛节。当它们遇在一起的时候,我们只是默默地坐在自己的座位上而已。

去上海音乐厅听一个十七岁的中国孩子演奏肖邦,他在华沙得了肖邦演奏的最高奖项,有的报纸在报道他的消息时,也提到了几十年前在华沙的肖邦钢琴比赛中惊动了世界的傅聪,说到了中国人在钢琴上的成功。傅聪的父亲,是有名的法国文学翻译家傅雷,他在家信里为自己的儿子仔细地阐述过肖邦音乐和唐诗宋词之间的关系,那是有名的贯通了中西艺术之间关系的信札,也是傅聪一辈子在西洋演奏肖邦的立身之根。我猜想这个少年也一定读过《傅雷家书》了吧。从照片上看,那是个在钢琴前长发飘飘的少年,窄窄的脸向后仰去,那是钢琴家在一个曲子将要结束的时候最抒情的姿势。那天居然又是下着上海式绵绵不绝的雨,空气里到处都是湿透了的气味,真的不可思议。门厅的大理石地上,小心了再小心,可还是到处是水点子。我想起了二十年前看过的一个说音乐家故事的罗马尼亚电影《齐不里昂·波隆贝斯库》,好像也是在上海音乐厅看的,那里面的音乐家长得有点像这个十七岁的中国孩子,也是翩翩的少年,那时满场子里年轻的女孩子,都目不转睛地望着他。我买了楼上的位子,琴声飞扬的时候,通常在楼上的位子能听到最好的声音。还有一个原因,是为了避开楼下左侧的孩子们的干扰。凡是有钢琴音乐会,上海学琴的孩子总会由家长陪着来听,他们通常都选择剧场的左侧坐,因为这样可以看到演奏者的手。现在,在一楼是永远听不好一场钢琴音乐会的,就算孩子们真的被约束住了,你还是可以不断地听到父母小声的提醒:"你看人家的手,手形放得多好,这样才能弹得快啊!"诸如此类。音乐小学的孩子们是整班整班地来,老师有时会不断地从座位上站起来,像牧羊人一样一排一排地慢慢巡视过去,警示那些坐不住了的孩子们。现在的孩子,来音乐厅听演奏会,是无可奈何的功课的一部分。又走上巴洛克的楼梯,大理石的,有着优美弧线的。看到回廊墙上的聂耳像,那是张很老的油画像了,是用传统的严肃的笔法画的肖像。另外一面墙上,挂着的是冼星海的肖像,他们都是中国人自己的音乐家,聂耳学的是小提琴,也是中国国歌的作者,早年学西洋音乐的冼星海,则从军到了延安以后,为延安的抗日军队写了有名的《黄河》大合唱,他们在音乐上,是中国人的英雄,他们的肖像，挂在巴洛克建筑的回廊的通常放公爵和公爵夫人肖像的地方。他们的肖像也被画出了符合巴洛克风格的传统油画的古典味，即使聂耳的脸上有救亡青年的风尘和激愤，也被格式在了西洋式的肖像画的静默里。在那样的回廊里，通常会挂满墙的肖像画，我看到还有一些为肖像画留出来的墙面。还有谁的肖像画可以挂在这里呢？也许写了小提琴协奏曲《梁山伯与祝英台》的陈刚可以吧？也许还有贺绿汀，他一生都致力于用西洋音乐的元素创作中国题材的音乐，就是"洋为中用"的意思。那天去早了，我有时间在回廊里流连，为陈刚和贺绿汀找到了挂肖像画的位置以后，我想大概还可以为一名无名的钢琴家庭教师画肖像，他们默默地教出了成千上万个小琴童，每栋楼里，都会有一个日日苦弹巴赫，或者车尔尼的小孩。这些小孩里，总会有一个，去华沙参加比赛，弹肖邦的钢琴曲，然后得了第一名。要是他一直住在国外，也许他会像傅聪那样，让人们从他的肖邦里听出李煜诗词的哀愁和优美来。

地图册

那是我对自己居住的城市，上海，产生了很大兴趣的夏天。那种兴趣，来自突然发现自己一点也不了解上海，原来认为自己与上海没什么关系，只是从小住在这里而已。在这时，竟然发现自己是错的。这个众说纷纭的城市，第一，影响了我对欧洲文化的看法，第二，影响了我对英雄主义的认识，第三，影响了我对自然的爱好。这种影响，是在一个从北方移民过来的孩子抵触的心情中渐渐完成的。不是小说中的人物故事，而是发生在我的身上。

这对于我，是个重要的时刻。我突然对周围的东西张开了眼睛。当时，骑着一辆旧自行车，在我熟悉的街区里乱走，很晒的中午和下午，晒到雀斑在皮肤上爆炸。我想要找回自己觉得已经忘记了的往事，我相信在那些往事里面，可以找到一些原因。就像拉肚子的病人到医院去急诊，第一要紧的，是要向医生回忆昨天晚上自己吃了什么东西。

穿过苏青买菜的小菜场，经过宋庆龄和孙中山住过的房子，在李鸿章家的房产那里拐了弯，路过上官云珠自杀的公寓，在一处普通的八十年代的火柴盒般房子那里又拐了弯，那里在我小时候曾经是个教堂，在教堂里，放着冼星海的墓碑。而穿过了那栋房子，出了弄堂，就是有聂耳铜像的街心花园了，街区里的老人们，坐在高高的香樟树下，他们中有些人我认识，看着他们一天天地变老的。

是这些地方，这些人，这些房子，老旧的，失修的，影响了我的吧。

就是在这时候，我在图书馆里，偶尔在一个管理员的指点下，找到了一本旧的上海地图册，它详细到对每条街道的每个门牌都有说明，是大发绸布店，还是丽丽鲜花店，是清心女中，还是私宅。那是四十年代的上海地图册。是它，引导我从街道上走向了图书馆。在它薄薄的旧纸上，那些影响了我的街区展开了它秘而不宣，沉寂在房子和梧桐中的广阔的历史。上海图书馆静静的阅览室里，上海地图册软软的旧纸上，历史悄然站在我的面前。

接下来，再回到街上，一定会带上从图书馆复印出来的老地图册的纸，许多门牌居然没有大变化，甚至一些店铺的名字都复原了，当中隔着四十年火红的年代。我能想起，大发绸布店曾经也叫过丰收绸布店，丽丽鲜花店那时关了门，而喜乐意西餐社，是红房子西餐馆。三个时代，在那街区，房子和人的记忆里，留着各自不能磨灭的痕迹和气味。夏末，又是那么一个充满了将要带着纪念告别的季节，在我，是第一次体会到上海的美丽，那种在不动声色中一唱三叹的历史陈旧的美。那时候，我敢说是种怀旧的美，因为"怀旧"这个词还没有被用坏，没有时髦，没有扬扬自得，也没有被骂得体无完肤。现在，这个词是不敢用了。

回忆被一点点拾了回来，疑问一点点堆积如山。地图册对我来说，是一本索引。从它那里，我找到了往里面走的途径，去查那些街区的历史，探寻就是这样开始的。这时候，通过图书馆工作人员的帮助，图书馆里的旧书，旧照片集，旧画册，甚至馆藏的中西女中校刊，都开始来帮助我了。

1998年，出版《上海的风花雪月》时，特地送去了第一版的样书给图书馆一楼的阅览室，为了感谢图书馆的人、书，还有那本地图册。

上海咖啡馆的编年史

听说,上海在没有成为通商口岸以前,还只是江南河网里的一个繁荣的渔港,还有一个带着城隍庙和九曲桥的中国闹市,木头柜台上卖着本地的特产:五香豆和梨膏糖,都是老实本分的小食。那时候,上海人只是喝各种各样的茶,不知道咖啡是什么东西。法国的传教士也还没有来,整个中国都还没有咖啡这样东西。遥远的云南那些合适种咖啡的土地上,种着的,还是稻米和果树。

那时候,不想在家里待着的人,就到城隍庙九曲桥边上的茶楼里去,他们挑个临窗的位子坐下,为自己叫上一壶江南新采的绿茶,通常是说:"一壶龙井。"然后,他们也点上一些茶食,五香豆,还有一种笋烤青豆,都是茶食里的一种,放在青花的小碟子里。很懂得喝茶的人,会点着名要杭州名贵的新茶,那种茶名贵在,是少女用牙齿一叶一叶采下来，而不是用手指。第一遍泡的茶，他们并不喝，只是用一个男人拇指大小的薄瓷罐子装上，送到面前去闻。第二遍才是喝的。江南的人在多雾而闷热的地方生活，于是喜欢清淡的东西，上海人淡淡地泡着微绿的新茶，讲究的是那种若有若无的清香和像少女唇间的恬然。

那时的上海，虽然已经是一个繁荣的沙船港，可到底没有从江南市井的格局里挣脱出来，河道两边杨柳依依，城隍庙外的集市里卖着农家用青竹片编的长长的扁篮子，夏天没吃完的饭菜就放在里面，吊到屋顶通风的地方去。

然而，那不争气的清朝让上海变成了外国人可以到，也可以住下来的通商口岸。外国人带来了耶稣，鸦片，机器，洋房，江海关，还有在外滩码头周围的小马路楼房的底楼，一家家犹犹豫豫开张的咖啡馆。那些小开间、天光幽暗的上海咖啡馆，开初一定是只为了那些思乡的外国人而开的，还有从外国货船上下来的水手。为了他们能够喝上一口热腾腾的香喷喷的咖啡，在闷热的东方有地方舒一口气。像我们出门在外，有时就想死一碗漂着葱末子的小馄饨一样。他们不怎么敢去中国人的茶楼，也不怎么敢去南市的中国城，说到底，那是他们陌生的地方。我的一个德国朋友，她的爷爷年轻的时候到上海来住过，我写上海的故事，他还把他当年在上海买的明信片送给了我。他说，他喜欢上海，可不敢去中国城，也不敢进那里的中国茶楼。

最初，上海咖啡馆的店主人，也一定是外国人，就像在外国的中国餐馆一定是中国人开的一样。当年去外滩附近的咖啡馆的人，都是外国男人，然后，是在码头附近的外国妓女，上海人把她们叫做"咸水妹"。然后，才是与外国人和外国生意有关系的中国人，上海人把他们叫做"买办"，或者"帮办"。与外国有关的人和事，开始慢慢地聚集到咖啡馆这样的地方，然后为外国人开的旅馆的一楼，也都有一个喝咖啡喝酒的地方了。

可是，江南的潮湿是他们和咖啡都没有想到的，一个德国的传教士在回忆录里写到当年他在上海喝咖啡，在他的印象里，上海的咖啡是那么过分的酸，"一定是咖啡放得太久了，而且受了潮。"他猜想。可是，跟着外国人去喝了咖啡的买办们并没有这样的对比，他们放出话来，把咖啡说成是"咳嗽药水"。那时上海滩上的外国人真正是妖怪，比皇上还厉害，比贪官还有钱，眼珠子像玻璃球一样长在脸上，用照相机偷人的魂魄去，每天必要喝苦汤。然而，他们居然把一个清秀的上海变成了中国最大的都市。

到了上海成为都市的时候,在大街小巷里,到处都能看到咖啡馆。看到时髦的都市青年侧着身体进出于大街小巷的咖啡馆,宋家的姐妹宋庆龄和宋美龄在没有为了政治反目以前,也常常一起去法国租界的咖啡馆吃蛋糕;当年是现代主义先锋人物的施蛰存,还有他震旦大学的好朋友戴望舒、邵洵美去外滩边上的书店买了新到的法文书以后,也一定要去咖啡馆坐一坐,那时候施蛰存学会了抽雪茄,这个习惯一直保持到了现在。而共产党人周扬,也穿着当年时髦的白西装出入咖啡馆,谋划左翼文化圈的活动。那时,能看到咖啡馆的大玻璃窗里面,摩登的人们临窗坐着,叫一杯咖啡,咖啡碟子上斜斜地放着两块曲奇饼,或者一小碟子奶油蛋糕。

摩登的中国人也到咖啡馆里去了,说话里面夹着些洋文,法国人最高兴这样,因为他们可以喝到比较新鲜一点的咖啡了,有那么多人帮他们喝掉了受潮的咖啡,而且接受他们的文化,就是胃不舒服,喝不得咖啡,到了咖啡馆里,也不好意思不叫一杯咖啡。要是叫一杯茶,一桌子的人都有一点诧异:咖啡馆里怎么会有好茶喝呢。所以鲁迅在咖啡馆里叫茶的故事,就一直保留下来了,不少人都知道。而茶馆已经真的过气了,即使是还有用少女的牙齿采下来的新茶,经历过五四的人们也不好意思公开地享用,那种情致太腐朽了。

世人都说,上海人是学什么像什么的聪明人,开始,咖啡馆由外国人开,后来,慢慢地,中国人到外国人的咖啡馆里去做服务生,做经理,做蛋糕师傅,再后来,中国人自己也动手开咖啡馆了,雇了外国人来做服务生、经理和蛋糕师傅,那些咖啡馆照样地道,有些还好过外国人自己开的。连太平洋大战时候,海面上的封锁都没有难倒上海的咖啡馆,云南那时候已经生产上好的咖啡豆了,用云南的咖啡豆,照样可以煮出酸度和香度都好的咖啡,热腾腾,香喷喷的,端到当时上海咖啡馆时兴的高背火车座里来,同时送来牛奶和糖。上海的咖啡馆到了这时候,真正地兴旺起来,成了上海的一处景,人们到北京看长城和故宫,到杭州看西湖和灵隐,到上海也总要看一眼咖啡馆,喝一杯"咳嗽药水"。卓别林来了上海,到底也是不能免俗。

后来,1930年的霞飞路变成了1945年的林森中路,又变成了1952年的淮海中路。那一路上的咖啡馆的老板,都纷纷写报告,要求转业做饮食店。一是因为美国舰队封锁了海面，咖啡馆用的材料日见短缺；二是因为社会风气崇尚的是乡村式的朴素，咖啡馆里消磨时日，显出了它的奢靡的意思，人们都不喜欢，客人日见清淡了。咖啡馆在五十年代以后，成为过气的场所，就像当年九曲桥边上的茶楼一样，而那间茶楼此刻由于它的中国本土风格，成了外地人和外国人来上海必游的地方，茶食里加了一些新的点心，像龙虾片之类的。

于是，在淮海中路上，不少原来的咖啡馆改行卖早点，火车座里袅袅向上的，是热腾腾的小馄饨的香，放咖啡杯子的小白碟子废物利用，放鲜肉大包和香菇菜包。鲜肉包子有时太肥，要用醋蘸着吃，把米醋倒到碟子里，就能看出，碟子面上有一些划痕，那还是原来的咖啡杯子的底磨花的呢。我小的时候，常在那样的饮食店里吃早点，还以为吃早点的地方就天生应该是这样的。后来新开的饮食店里，方桌子，方凳，客人在你的背后走来走去的，反而觉得奇怪。

谁都以为上海的咖啡馆是一去不复返了，只留下国际饭店的二楼，和平饭店的底楼，还有铜仁路附近的上海咖啡馆，那么几家在苟延残喘，盛冰激凌的玻璃盅都被打碎得差不多了。可是，三十年过去，它竟然又回到大街小巷来了。

听说第一家开出来的咖啡馆,在宝庆路和衡山路交会的地方,静静地关着门,在家居式的窗上有一小条霓虹,那家咖啡馆甚至没有名字,就叫咖啡。那里的主人是个老太太,她的咖啡从来就是十元钱一杯。

在三十年以后,新一代摩登的人都不怎么会喝咖啡了,不晓得要把小勺子先从杯子里拿出放到碟子里,才可以喝,开咖啡馆的新老板们也不怎么晓得煮咖啡,总是用雀巢的速溶咖啡来搪塞客人,八十年代的咖啡馆大多没有蒸汽机,蛋糕也是从哈尔滨食品厂买来的,有时奶油不新鲜了,用刀一切,裂下来一大块。可是一切都挡不住新咖啡馆的诞生,十年下来,到了1990年,上海咖啡馆的菜单上,蓝山咖啡、磨卡咖啡、爱尔兰咖啡、日本冰咖啡、意大利的卡布奇诺、美国的普通咖啡,什么都可以在咖啡馆的菜单上点到。怀旧的咖啡馆,现代的咖啡馆,各种样子的咖啡馆,也都有了,服务生也懂得在吧台上耍把势一样地晃着做咖啡的罐子,很专业的样子。好的咖啡馆里卖的,都是自己做的忌司蛋糕和烤松饼,新出炉的时候,满屋子都香。服务生也是时髦的,用蓝色的隐形眼镜把自己的黑眼珠子罩上,就成了蓝眼睛的人了。

要说上海的咖啡馆和欧洲的到底有什么不一样的地方，那就是上海的咖啡馆毕竟少了一样随意。少了意大利小街角上的那种咖啡馆，一早就开门了，满室可颂面包的香味，还有新煮咖啡的香，蒸汽机嘎嘎地响，街坊邻居，要上班上学的人，都站在柜台前面，喝一杯咖啡，吃一个可颂面包，匆匆就走了，付三块钱。就像我们的豆浆店一样。那种居家自在的随意，上海的咖啡馆里可是没有。在上海的咖啡馆里，连没有照顾过自己的仪态，检查过自己的着装，就匆匆撞进来的人都不多见，上海的咖啡馆可是一个场合，一个与外国总是有关的，摩登的场合。

就是这小小的不同，可到底就是不同，虽然现在在外国公司工作的人，哪个也不说什么"咳嗽药水"的话，到了晚上，兴致来了，和外国同事一起，一家一家地坐过去，直到黎明，什么地方开了什么新的店，都在嘴里传着，绝大多数人都不知道用少女的牙齿采下来的新茶到底有什么特别的地方。

虹桥的万国公墓

我并不知道还有什么地方,有像虹桥的万国公墓这样让人想到命运漂泊的墓地。通常,墓地总是真正宁静的地方。经常,一个人再激荡的心思,都能在墓地的散步中得到安抚和宽慰。在那里,看到那么多不认识的人,长命的,短命的,有一个大家庭的,或者是孤独的,不论怎样的人生,最终都在一小块石碑下面归于尘土,像一粒重新被埋进泥土的种子。在柏林的老墓地里,我看见一家的三个孩子,在流行猩红热的那一年,在五十天里纷纷去世了。而隔了几棵大树的另外一家,当年赫赫有名的工业巨富的家族,则所有的人都活得很久。可是,即使是活得那么久,最后这个显赫的家族也还是消失了,最后,这个家族只剩下一个老处女。然后,这个老处女也在她的亲人都死去了十年以后,去世了。她留下来的家产,后来变成了一个由政府管理的基金会。在那样的墓地里散步,能看到世上纷飞的恩怨爱恨,最终都成为阳光下面的一小块石碑,这就是在墓地里总让人渐渐在心里生出温柔的感伤的原因。

可是,在万国公墓的情形就不一样。在虹桥的万国公墓有一块为死在上海的外国人用的墓地。把遮盖着石碑的常春藤拉开,用拉丁文的拼音法去读那上面奇怪的外国名字,那是1840年到1949年的一百年里面,在上海陆续去世的外国人的名字。因为不熟悉,也不懂那些名字的含义,所以边读,就边忘记了那些名字,只是因为有的读法那样奇怪,于是知道他不是英国人,也不是美国人,可能是丹麦人的名字,也许是瑞士人的名字,或者根本就是一个犹太人的名字,当然也有俄文的名字,可却常常分不出他是南斯拉夫来的呢,还是从波兰,或者是捷克来的。那些本来永世不会相遇的人,因为来到了上海,又死在了上海,而永远住在上海的万国公墓。在拥挤的万国公墓走一走,在那些奇怪的名字和看上去没有扫墓痕迹的墓地里,那些人的模糊影子,总是像没有燃过的香烟那样,顽固而清淡地渗露着漂洋过海,而后客死他乡的命运的气息,已经那么多年过去了,还不肯消失。

就是那么一个漂泊的墓地。

那个墓区里，所有的墓碑都是统一的，一样的大小，一样简陋的微微发黄的石头墓碑，甚至所有的名字都是用的同样的字体。像书架上的书一样整齐地排着。它们大多是从老城区各处迁来的外国人墓。在五十年代，上海市政府规划改造旧城区的外国人墓地，也就是老上海人所说的外国坟山，陆续把留在上海的外国人墓搬到了当时十分荒凉的虹桥，并入虹桥的万国公墓。空出来的地方，成了雁荡路上的复兴公园，还有南京西路上的静安公园。

静安公园是我小时候常常去玩的地方，我家离静安公园步行只要十分钟路程。我的童年里，有许多无聊的时间，所以我总是去那里玩。因为那里有真正的秋千架。已经不记得是什么时候，是谁，在怎样的情形下告诉我，我们玩秋千和滑滑梯的地方，就是原来的外国坟山，是埋死人的地方。依稀记得，我小时候和大惊小怪的小朋友，还在那地方小心地找过，想要找到土里的死人骨头，或者金银财宝。

静安公园是个平常的公园，但常常可以看到有人在那里写生，他们总是画公园的道路，那道路两边有特别高大的梧桐树，在上海别的地方，还从来没有看到过那么高大恣肆、没有被修剪的梧桐树。画画的人告诉过我,那是从前这里的外国坟山留下来的道路和梧桐树,原来我们的儿童乐园,就是坟墓所在的地方。原来上海第一个火化炉,就在这里道路的尽头,现在是我们玩电动转马的地方。我记得那个画画的人把梧桐树的道路尽头画成了很模糊的一团东西,那时我虽然是个孩子,但也意识到了,他想要把那里画成一个火化室的样子,可是,他也并不知道那到底是什么样子,所以他用扁扁的画笔在那里茫然地不甘地点点戳戳。

我和那个画画的人,我们都没有见过原来的墓地是什么样子的,1954年,这里的墓地就已经搬迁到虹桥去了。听说当年也有大片的常春藤在多雨潮湿的墓地里飞快地生长,很快就把没有人扫墓的墓碑遮住了,所以很容易找出来谁是孤独地留在上海的。听说当年就有从来没人来祭扫的墓,大概那是独自一个人留在上海的人,他的家人、朋友,都在自己那千山万水之外的故乡。

在冬天多雾的黄昏,空气阴冷,天色沉郁,西边有老虎窗的灰瓦屋顶上,有一抹冬天冰凉的红色晚霞,没有人的秋千,在那里微微晃动着。那时候小孩子们开始离开儿童乐园回家去了,儿童乐园开始也冷清下来。冬天的梧桐树总是被不停地下着的雨浸透了，变成了黑色的，连上一年秋天留在树枝上的灰绿色的悬铃也变成了黑色的。坐在泛出潮意的木头秋千座上，看到树影飘移，暮霭沉沉，石椅子边的地上，有奇怪的石板铺在地上，那里掉了一个小孩子用的旧红毛线手套。那个黄昏时分，总是可以看到一些奇怪的雾气游荡在儿童乐园里，我想他们应该就是那些失去了墓碑的外国人的灵魂，他们有时在秋千架边上，有时在红毛线手套上，有时只是走来走去，像水中的水草那样随着正月阴冷的西风而飘飘摇摇。南京西路上20路电车尖厉的刹车声从来不曾惊扰他们，被关闭了的静安寺和被关在大雄宝殿里的佛陀也都没有威胁到他们。他们在我童年的记忆里，以一种像冬天黄昏的雾气那样孤单的样子飘荡着。要等许多年以后，我有了许多次独自长途旅行在欧洲的经验，我才明白，那种小心翼翼的孤单而又迷惑的样子，原来是一个漂洋过海的人才会有的姿势。

有一天，我终于见到了他们的名字，这是我从来都没有想到过的事。那是许多年以后的一个春天，靠近清明的时候。我在虹桥见到了他们的名字，和属于他们的一小块石碑。原来那些墓碑并没有被铲除，被扔掉，或者都做了儿童乐园里的石板路，而是移到了宋庆龄家族陵园对面的一小块墓区里，被新栽的冬青树围着。要是我不是宋庆龄所创办的儿童杂志的见习编辑，随着杂志社到宋庆龄墓地扫墓，是不会有机会见到它们的。

它们还是像传说中的那样被常春藤覆盖着，隔着种了柏树的墓地的大路，我听见我的同事们在为宋庆龄墓拔草时的说笑声。他们大多数都认识宋庆龄，吃过每年春节她特意从北京给杂志社带来的大虾酥糖。他们都对孙夫人有着亲切的感情，也常常告诉我一些宋庆龄的传说，这一次我听见说，从前宋庆龄还是个女孩子的时候，她家里来了一个传教士，那人看了宋庆龄以后，对她父母说，这个女孩将会是个公主，或者是皇后。听着这样的故事，拔着草，草染绿了我的指甲缝。然后我偶然地走过路的另一边，然后就望见了那里被冬青树围着的一群又一群紧紧挨着的石头墓碑，有的地方，疯长的常青藤将进出的小路都封闭住了。

我奋力拉开网住冬青树的藤蔓时，寂静的墓地里响彻了藤蔓碎裂的声音。那一次，我认出了两个犹太人的墓碑，一个是沙逊家族的，他家在外滩造了二十世纪初远东最豪华的饭店，上海当时最重要的客人都曾住过走廊里铺满了红地毯的客房。另一个是嘉道理，他家造了第二次世界大战中上海最有名的大理石建筑：大理石宫殿。1949年以后，它成为上海市少年宫，无数戴着红领巾来少年宫活动的上海孩子，在那里感受到了遗留在那宫殿里的华美生活的遗迹，而且它们激发了孩子对那种生活和那时的人们的好奇，我也是其中的一个。那一次，我终于体会到了在无人的墓地里默默地用墓碑的方式保留着的上海往事，体会到那些早就进入了墓地的往事，与现在活着的人的生活中，那奇妙的联系。哪怕是因为很少有人走动而到处爬满青藤、长满野花的寂静的墓园。

我去为它们中的一些墓拔草，拾去陈年的枯叶，让上面的名字显露出来。不少名字不是英文的，能猜出来的，有德文的、法文的和日文的。可还有一些不知道是什么文字的名字。这墓地里的大多数人都并不长寿，不知道是不是因为上海太湿热的气候，容易让北方来的人生病。我猜想着。然后我在那里的草地上躺了下来。寂静之中，我看见春天的絮云，带着淡蓝色的水汽，轻轻地飘过这里，它们的后面，是潮湿的蓝天。当墓地里所有的客死他乡的人都还活着的时候，他们也是走在这样的絮云和蓝天之下的。他们都是怎么到上海来的呢？他们曾经欺负过上海人吗？或者他们爱上海这个地方吗？他们是为了谋生而来，还是为了理想而来，还是为了逃避而来，还是干脆就是被人卖到开往远东的货船，无可奈何地到了上海，是被"be shanghaied"的那种人？但是无论如何，他们就是使得上海成为"上海"的那些外国人，他们永远都和上海的历史在一起了。

我想，我是从那一天开始，了解到自己是个喜欢墓地的人。因为这样，在以后，我又遇到了一些和我有相同爱好的人，我们是些喜欢在安静的墓地里散步和思想的人。

又过了几年，也是一个春天，我带一个来上海旅行的德国朋友去万国公墓散步。我点给她看那些墓碑，它们还是带着那伫立于异乡一隅的特别的姿势，被常春藤埋着，可是并没有越埋越深，看起来，它们纵是无主的坟墓，可还是得到了墓地的照顾的。那天，有一只斑鸠在天上或树里不停地叫着，我想那是一只飞过城市，在这里迷了路的斑鸠吧。道路两旁的肃穆的柏树也已经长得很高大了，散发着柏树松香似的刺鼻气味。

我们拨拉开草、小花和藤蔓，一一去探望那些寂寞的墓碑，它们真的是用同一种石头做成的同样的大小的墓碑，不论是法国名字，还是德国名字，或者是俄国名字，字体都是同样大小，好像是统一定做的一样。接着，我的朋友惊奇地发现，一些墓碑上德文和拉丁文的名字被拼错了，也刻错了。"你看，在我们德文里这个名字不是这样拼写的。"她过去点着一块墓碑说，"这里少了重音。"

这时候，我意识到也许这些被陆续搬迁过来的坟墓，是在搬迁后统一做的墓碑，这就是这个墓区里，死去的时间不同，国家不同，原来埋葬的墓地不同的人，现在却用的是同样的墓碑的原因。这样，也许就是市政府负责迁坟的人为他们统一买的墓碑，统一做的。当时，上海的外国侨民几乎都已经离开了，更有可能，那些早年入葬的人，根本就不再有亲人或者朋友留在上海，所以，在往新墓碑上刻他们的名字时，一个不懂德文或者拉丁文的人，根本就不知道把他们的名字刻错了。于是，那些客死在上海的人就静静躺在这样的墓碑下，度过他们安息的日子。但是，也很可能这个有德文名字的人死去以前，就已经在上海用拉丁文的拼法写自己的名字，为了让这里的人好写好记，自己去掉了名字上的重音符号，就像住在外国的中国人也常常有一个外国名字，让人好记好叫一样。那些发生在多年以前的事，已经被淹没在今天的想象和猜测里。

我真的不知道世界上还有什么地方，有这样让人感受到命运漂泊的墓地了，也不知道世界上还有什么地方，有这样一排排虽然刻错了名字，但还是有情有义的墓碑，它们被常春藤缠绕遮蔽，像一些缠绵的念头。

八十年代的婚礼

八十年代是一个洁净的年代,人们都还带着在恐怖中长大的孤儿般的谨慎和幻想,还有小心翼翼中暗藏的反骨,悄悄地过自己的日子。那时候的婚礼,是人生中真正的大日子,离婚和婚外恋的浪潮还没有到来,婚礼上关于"百年好合"的祝愿,就是铁打的规矩。

八十年代的新人大都不满意家具店暗淡的日光灯下粗糙而土气的棕红色家具,大家都愿意按照自己的心愿,请木匠到家里来做家具,那时候时兴的,是捷克式家具的颜色,清水蜡克,或者极淡的黄色,那是对国营家具店里红棕色的反动。式样却是组合式家具,若干个方方的箱子,可以放在一起,也可以随便搬动组合更新,变成另外的样子。从那时候开始,一个上海的新家庭与装修队之间的斗争就已经硝烟四起了,所以八十年代结婚的人,要是在九十年代买房子装修，是最有经验对付离开田野变得毫无道德约束的农民装修队的。经验就是两种，一是事必躬亲，不让他们有空子可钻；二是高高挂起，早就做好了受骗的准备，所以不生气。那时候的结婚序曲又长又艰苦，新人们蓬头垢面，新娘大多数总是和新郎同甘共苦，见钱眼开的新娘自己知道有罪，人们不把这样的女孩子称为聪明，而是称为好吃懒做。新人们最先了解的，就是木头的品种和零件的价钱。那时候的人心没有现在狡猾，商店里开出来的发票总归是真的。

然后，女孩子要准备自己的嫁妆，八条新棉被，从一斤半的到八斤的，可以盖上二十年。还有各种颜色的缎子被面，大红大绿，喜气洋洋。那些被面子，是真正的好缎子，手工绣的龙凤，一洗就皱、丝线就褪色的那种娇气手工。还要准备两条鸭绒被，两条羊毛毯，洋红的羊毛床罩。好像织物都应该是女孩子准备的，包括窗帘和桌布、电视机套子。为了找到好看的布料，花的时间不计其数。女孩子总要准备一对樟木箱，那是重要的陪嫁。女孩子用的新被子，会由妈妈请一个全福的女人来缝，为了祝福女孩子日后的幸福，父母不全的，家庭不全的，都不能动新人的嫁妆。常常自己的母亲不肯动针线，因为自己觉得自己还不够幸福吧。而在八十年代，长期的动乱甫定，有全福的女人还真的不好找。被找上的人，一脸都是自豪和感恩的样子。

男孩子要准备房子和家具，还有电器，那时候不过是冰箱、电视、录像机和录音机而已，但那时候男孩子的工资，大学毕业生也不过五十八块八角。那时候结婚，绝大多数人不得不和自己的父母住在一起，不过有自己的一间房间，房间通常都是小小的，一整套家具放进去，候分克数，转不开身。结婚买商品房，那是万恶的旧社会的事情。所以，家里没有一间可以结婚的房间，就是许多男孩子成为老光棍的原因之一。

规矩的人家也得给媳妇一个见面礼，通常是金戒指和金项链，九九金的。式样老土，克数殷实，女孩子家出面为女婿做一套婚礼上穿的全毛呢中山装，那是很多人一辈子的最好的出客衣服，直到九十年代以后。到1995年以后，给云南灾区捐赠的衣物里面，就能看到压在樟木箱底的呢中山装了，它们散发着经久不息的樟脑丸味道。金项链和戒指，还有上好的呢中山装，还有一件全呢的长大衣，都是婚礼上的主力。

然后就到了婚礼。所谓婚礼，就是喜酒，就是定下一个饭店,请亲朋好友大吃一顿,那时候并没有来喝喜酒一定得送礼的规定,所以被通知喝喜酒的人,都是真正的高兴,八十年代吃到一顿好吃的,还是令人鼓舞的大事,当然,看喜酒的排场也很要紧。家属会带着家里的大锅去饭店,把吃剩下来的东西带回家。那时的喜酒,真的是货真价实的传统盛宴,清炒虾仁,红烧蹄髈,白斩鸡,香酥鸭,蚝油牛肉,松鼠黄鱼,狮子头,一道一道,热气腾腾,重油赤酱地端上来,被重重地蹾在圆桌的中心,一时间,筷子头如雨而下,风卷残云一般,青花大盘子里就空了。那时候喝的酒,都是烈酒,茅台也不那么贵,男人们很快就脸红了,也有人白了,喝醉了的人开始失态,想起了伤心事就哭了,大动乱以后的年代,每个人都有伤心事,整个社会都是多愁善感的,容易见到眼泪,即使是在婚礼上。而女人们的嘴唇因为油,而显得厚而馋相。

发的喜糖,是用窄长如手掌的小塑料袋装的,要是里面八粒都是奶糖,就表示是有钱人家结婚了,通常总要在里面搭两颗便宜点的硬糖,一粒奶油话梅糖,一粒上海产的水果糖,用透明玻璃纸包的。

接下去的节目就是闹洞房了。开始总算是文雅的,说说恋爱经过而已，后来就要新人一起吃苹果，可以让他们不小心亲到一起，大家可以起哄。那时候这种被社会允许的亲昵，是最好的13频道节目，可以让人看到自己都脸红心跳。

这是中国在八十年代短暂的宁静中，拘谨而单纯的婚礼过程。多少那时的婚礼，没有应了"百年好合"的话，消失在经济的腾飞里面。

洋葱

一个红皮洋葱,切成半块洋山芋块大小。切洋葱时偏开脸,避免洋葱汁水刺激流泪不止。

瑞金二路上一间安静的客厅

二十年前，我刚上大学，刚对儿童文学有了兴趣。那时候，儿童文学方面的书奇缺，于是，一位老先生介绍我去陈伯吹先生家借书看。就像卡通画里的老人一样，陈先生的眉毛也是白色的，笑得非常慈和，大概因为常与孩子在一起的关系。在这一点上，我和陈先生想的不一样，他把孩子看得很无邪，而我，常常要多看小孩子内心游戏般纯粹的恶意。我对儿童文学的兴趣大约不是从它的纯美，而是从这纯粹的恶意中来的。

周末从学校回家时，常常到陈先生府上借书，在那里借到《从山冈上跑下来的女孩》时，我很高兴地从里面感到了一种孩童的恬淡和清澈的感伤气息，这与我自己的回忆相似。那种由于朦胧不自知而特别动人的气息。陈先生家住在老式洋房的底楼，天光被宽大的回廊和高大的梧桐街树所遮掩，夏天正午,阳光再酷烈,照进客厅里来的时候,便也成了青黄色的影子。有时为了驱蚊虫,陈师母轻轻端了一盘用除虫菊做的绿色蚊香过来放在我椅子下,那白色的清烟慢慢在低处缭绕起伏。

陈先生慢慢从高大的书架上抽出他推荐给我看的书,书的年代久了,有一种淡淡的霉味。那时书是极珍贵的东西,一般人家都不愿意借,而陈先生的书,我却随时可以借回家。每次还书时,他都要问起我的读书心得。他说话的声音很轻,很慢,是那种经典儿童文学作家的温文与乐观,虽然我不那么认同经典中的纯美与痴情,还常常如有伟大发现般地宣称出来,但先生从来不批评我,而常常说:"大概你还应该看看那本书。"他慢慢站起来,走到某一处书架前,抽出一大本书来。

我想陈先生不期望我这样想,他觉得我的那些想法是因为童年创伤造成的,但他包容了我,慢慢地我得到了一种自在的感觉。

有一个周末,我到傍晚才回家,母亲告诉我陈先生来过了,来给我送一本书,是上个星期我想要借,但他一时没找到的书。母亲抱怨我不在家里等着,那时候我家住在没有电梯的六楼，七十多岁的老人，是一步步扶着扶梯走上来的，让母亲非常不安。

我父母决定要去探望陈先生，表示谢意，我们那天带了花去陈先生家。他很吃惊而且窘迫和不安起来，将两只手伸在面前一直摇，说："没什么，没什么。"他反复解释说他喜欢走路，常常下午做长时间的散步，他也喜欢和年轻人交谈，中国的儿童文学刚刚复苏，需要有更多年轻人加入写作儿童文学的行列。

按说，像陈先生这样殷殷期望着的前辈，应该是非常捍卫自己的儿童文学理论的人。而我在陈先生客厅里得到的自在，让我体会到了他所倡导一生的童心论。他尊重了孩子的本位，也推及到给予后生独立思想的空间。他是我所认识的一位为人为文统一的作家，真的非常让我尊敬。过了好几年，我才开始写儿童文学作品。第一篇小说发表在《少年报》上，我拿去给陈先生看，他很高兴。那天师母也高兴，特地从糖盒子里选了一粒大大的太妃糖递到我手里。

说起来，这还是我写儿童文学作品的动力之一，因为在那一年，那篇小说获得陈伯吹儿童文学奖，而我在心里害怕，一是害怕我写得并不好，是因为陈先生要鼓励我继续写下去，才给我一个鼓励；二是害怕周围人知道我和陈先生相熟，会以为是因为我们相熟，我才得奖。所以我决定要再写一阵子，表示我是能够写出好作品来的。

从此开始写作。

一直等待我写儿童文学作品的父母，大大为我松一口气。他们认为我只有不停地写出更好的作品，才对得起陈先生爬六楼送书的期待。

而陈先生从来没有像我父母那样如释重负，他总是安静地坐在客厅二十年来一直侧放着的小圆桌的一端，和气而殷切地说着什么，或者听我说。他像是浇在小树根上的水，只帮助它长大，并不计其他。有一次少年儿童杂志社的年轻编辑在一起开会，说起瑞金路上的陈先生家那个天光黯淡的小客厅，我们发现，大多数编辑都去过那里，得到过他的帮助。总是陈先生轻缓地说出我们想要知道的那些事，然后师母端着清茶和红色的糖盒子从里间走出来。有一个女编辑说："我觉得就像走进了圣诞老人的大红包裹里一样。所有的东西，你想要的，就从里面拿。"

我们都以为这是不会穷尽的。

然而有一天，我再去陈先生家，我坐在原来的老位置上，而陈先生变成了在一大篮白色马蹄莲后面的照片。我的心里充满了分离的感情，那种唇亡齿寒般的感情。在这熟悉的地方，从我走进来的那一天起就爱护我并尊重我的人已经永远离开了。

淮海路上的尼可

尼可是法国人,她在上海从前属于法租界的淮海路上租了一栋旧洋房住,那栋在大弄堂里的洋房大概是租界后期造的,是那时候流行的西班牙式样,用的是弯弯的红瓦,宽大的窗子,二楼还有一个铺红缸砖的大阳台,可以放一套藤做的躺椅。那样的房子比较合适冬天需要阳光,夏天需要通风的上海,又是当时的时髦样子,所以在上海西面的住宅区里留着不少。只是后来这样的房子里,通常都住了三四家人,成了合用的房子,一楼的餐室成了卧室,客厅成了卧室,二楼的楼道成了楼上人家的厨房,阳台用玻璃窗封了,成了孩子用的房间,甚至连楼下的汽车间里也住人,原来的样子已经全然不见。而尼可的房子倒是有机会恢复到了早先的样子,她和一个荷兰朋友住在整栋房子里。

但是,她并不是只在一栋淮海路上的老房子里住住而已，她用一个在巴黎学了考古的，长期住在东方的法国女子的眼光，把那房子打扮得就像一个旧时的法国侨民在上海的家，复原了原来被房东破坏了的洋房格局，四处找来了从前上海的外国人用的家具，还有法国人在中国旅行时会买的中国家什，粗柳条编的篮子，竹子做的小凳子，尖顶草帽，中国山水画轴，等等。她用这些东西重新布置了整个房子和庭院。

她这个在上海的家上了外国杂志，惹得到上海来旅游的外国人辗转听到了消息以后，就到她家去参观。她不只好客，任由大家来参观，要是遇到她谈得来的客人，还从柜子里取了从法国老家带来的葡萄酒，来招待客人，这听上去相当亲切和隆重。而且要是有人看上了她家里的东西，还可以在她那里定做一个复制品带走，尼可在乡下有一个小加工厂，她雇用的木匠可以为那些看中她家里三十年代流行的奶油色皮沙发躺椅，或者当茶几用的中国传统樟木箱的客人，做一个一模一样的出来。但是价钱却并没有贵得离谱。

"你不知道我打算租这房子的时候，这房子是什么样子。"尼可说，"挤了好几户人家不算，院子里什么都没有，倒有一个从前挖的防空洞。原来的钢窗全被换成了铝合金的窗子，只有地板没有变化，还是原来的柚木，我们清洗掉上面多年的油污以后，地板好得让人惊叹。"

"靠这个房子挣钱了吧？"我问她。

"偶尔。"尼可说，"要是看到不顺眼的，我还不卖。因为他根本就不懂得欣赏。"

"你懂吗？"我问。然后，我知道自己太唐突了，于是接着说，"我真的对你的看法有兴趣，你并没有什么中国文化的背景，也不懂中文，家里的长辈又没有殖民上海的经历，为什么会在上海布置这样一个房子。你花了那么多时间和钱，但你的房子是租用的，租期到了以后很可能要还，但你还是这样一点一滴地造这样一个世界。"

"我当然懂。"尼可说，"我比好多上海人懂得多了，你看你们在你们的城市里做了什么？把自己城市的传统都拆掉了，搬家的时候把家里真正好看的老东西都扔掉了。我家里的不少东西都是在马路上拾来的。上海并不是一个懂得保护自己文化的城市。"尼可在她的客厅里走来走去，一一点给我看她的收藏，箱子，柜子，小木凳，落地灯，"你不知道原来的主人听到我想要买他们用的东西时，他们的惊奇和高兴的样子，你连这个凳子也要？他们奇怪极了，就说，你要，就拿去吧。"

尼可说着这些的时候，脸上带着某一种微笑，那应该是高兴、庆幸而且有一点沙文主义的笑容吧。她相信自己懂得而且是在保护我们的文化和历史，在我们抛弃它们走向现代化的时候。

尼可去摸着她放在起居室里旧沙发边上的一只箱笼，说："你看它多老了，多漂亮。我就是不会中文，也能感到这上面的故事。"她用那个刷了红漆的老式箱子，当沙发边上的咖啡桌。"那是一个女人的嫁妆，跟着她到丈夫家，她想要得到爱情，可是却有许多痛苦跟着她。那个中国女人用了一辈子这只箱子。上面有许多划痕都是她的指甲留下来的。"说着尼可就笑了，"你看，很浪漫的故事吧。不要忘记我是个考古学家。"

是的，她在化腐朽为神奇。那只老箱子在尼可的起居室里被小心地擦净，并置放在柔和的灯光下，散发着感伤而甜蜜的东方女子的气息，如同小提琴里的越剧曲调展现出来的缠绵一样，充满异国浪漫的情调。还有一幅复制的乾隆像的大画轴，做成了窗子的大小，装上了细绳子，放在楼上卧室里当窗帘用。卧室床边上纱罩里的灯光和乾隆的大红龙袍配在一起，给卧室带来了一种温暖的性感的喜气。

在她的厨房里我们喝了些酒，是她从家乡带来的红葡萄酒，她说到了自己的家乡，在法国的南部，出产最好的法国葡萄酒，那里的孩子喝的酒比喝的奶多，那里阳光灿烂，山坡上到处都是葡萄园。尼可满面笑容地说着自己的家乡，还有自己家乡的红酒。"你感到有什么不同了吗？与在这里买到的法国葡萄酒。"尼可问，"我们在法国喝的酒，都是真正的葡萄汁酿成的，而运到远东的酒没有这么纯正。你把我的酒放在舌头上滚一滚，就会有不同的感觉了。"她说。但是我并没有那么明显的感觉，因为我根本就很少喝酒。

"你们平时喝什么？"尼可问。

"我们江南的人喝黄酒，是用大米酿的。"我说，"中国古代的人在喝酒的时候弹琴作诗，也是很风雅的事。"但我们现在已经不这样了，我们喝酒时划拳，谈生意，拉好人下脏水，男人借酒遮脸放肆一下，在我这种不喝酒的人看来，真是丑得很。我并不想说这些，想说江南传统里那些与酒有关的风雅的事，可是我并不知道什么，《红楼梦》里的那些酒令，我也从来记不住它们。所以只好闭嘴。干邑酒酸酸的，喝到嘴里十分清冽。

在她的客人房里我见到了她特别收藏的箱子，各种各样在上海收来的老式箱子，英国最早生产的纸做的箱子，牛皮箱子，东南亚的箱子，法国的箱子，女士用来装化妆品的小皮箱，那些大多是从前来上海的外国人用过的，按照大小，高高地摞着。让人想到千山万水的旅行，支持着这样旅行的梦想和野心，还有故事。"要是我的客人来了，他们就把自己的箱子也放在这里，把自己也加到了我房子的故事里去了。"尼可说。

尼可的房子，对外国人来说，他们见到了他们容易接受的东方情调，对上海人来说，我们见到了按照完全不东方的眼光和背景，被重新修整打扮过的东方。对就在这附近长大的我来说，我看到了这些老洋房从前的样子。它们总是在我的身边，但它们总像一些锁着的，别人留下来的箱子那样陌生。而尼可，借一栋房子复制了从前的样子，她在里面走来走去，也像一个复制品那样地再现着原来房子里的人的精神，带着来殖民的法国侨民的拯救和开拓东方的自得的感情。尼可因为喝了酒而格外明亮的眼睛在灯影里闪着光，我看出来她喜欢自己的房子，为自己的工作和自己的见识感到骄傲。

到了告别的时候,尼可送了我一只从前装化妆品的小箱子。里面有面镜子,水银微微地黄了,照着我的脸。我推辞说:"我怎么可以把你的原物拿走呢?"她说:"要是你喜欢,我就送给你。"

烟台苹果

两只脆苹果,去皮去核,切成与洋山芋同等大小。先用盐水略浸泡,避免氧化发黄,亦可保持清脆。

五原路的景象

五原路是我小时候长大的地方,我并不肯定我是否喜爱它,就像歌里和诗里说的那样,一看到自己的故乡,就想到了天堂。但有一点我可以肯定,就是在我二十四岁那一年,半夜从舟山群岛回家,又累,又脏,又失望,拖着行李,远远在15路电车站上看到五原路的蓝边路牌在路灯下安静地立着,心里立刻松了下来。这样的感觉,像是人们对故乡的感情吗?

它是一条上海的寻常小马路,像一条鱼肚子上的骨头那样,叉在淮海中路和常熟路的旁边。

从淮海中路进常熟路,路过一家银行,柜台里的女职员都曾很矜持白净,和客人保持着客气和距离。路过街对面的淮海公寓的大门,在四十年代,为上海画了不少好看的漫画的犹太人希夫就曾住在那里,它的楼下有一家叫红玫瑰的理发店，我小时候，妈妈在那里烫头发，一根根电烫头发的铁夹子从高高的黄色的天花板上吊下来，由说着一口江北话，头发溜光的理发师傅夹在妈妈茂盛的头发上面。它的楼下曾经还有一家叫美仑的照相店，我家的全家福总是就近到那里去拍，但它消失在柯达对上海照相店的收购中，现在成了柯达的几千家连锁店中质量上乘的一家，许多专业的摄影师都在那里冲晒自己的胶片。

然后，再路过一家西餐社，里面的火车座一直保留到七十年代，我妈妈带我去那里吃早点的时候，我们还坐在靠背高高的火车座上。那时候的菜肉大馄饨是二角二分一客，在店堂的墙上挂着一张毛泽东的标准像。

再路过街对面的一家烟纸店，现在已经变成服装店了，就看到一栋两层楼的老房子，它中西合璧的门楣上刻着"1925"，应该就是1925年造的房子，它是五原路上的第一栋房子。盖它的时候，五原路还叫赵主教路，是属于法租界的一条住宅马路，大部分住的是收入中等的中国市民，一家人住一层楼，一个小楼里的人公用底楼的大厨房，但有自己的卫生间和阳台。也有穷的家庭住在草草盖起来的没有澡缸的三层楼房里，一楼的人家把水管子接到外面的窗下，弄堂中央还有一口小小的水井。那栋1925年的楼房在城市改造的时候被拆除了，现在是一片人造绿地。工人在拆它的时候，发现它的墙仍旧结实极了，要用推土机才能推倒它。五原路上的老人猜测盖那房子的时候，用了糯米的米汤拌土造砖，那时候上海殷实的人家兴造这样百年大计的房子。推土机开过来的夜里，它终于倒了下来。于是，五原路上出现了一大批老鼠和蚊子，大家都说，它们一定是被1925年的房子养成了精的老鼠和蚊子。

等它倒了下去，天天路过五原路的人才突然发现原来它后面的楼房是那么旧，就像老房子一样的虚弱和苍白，它们差不多是五原路上的新房子呢，是六十年代造的，住在里面的人，曾经神气地从漆了绿色油漆的铁门里进出，它们的门房曾经是个胖胖的老头子，没有事的时候，就教院子里的男孩子做木工。后来每天早上，院子里的老太太们都在院子里的空地上做早操，用一只橡皮球拍打身体的经络，1960年种下的冬青树下，放着她们从菜场买来的菜和水果。从前，门口的小雪松后竖着一大块洋铁皮，上面画着一幅毛主席去安源的画，现在就剩下雪松了，二十多年过去，它好像并没有长大多少。

从这里，就开始真正进入五原路那样的小马路了。路上大部分都是从二十年代到四十年代盖起来的房子，少部分是五十年代到八十年代盖的。所以整条路上，都是旧掉了的房子。

路上的梧桐树长得高大，靠近路灯的叶子们，总是秋天最晚才落的，因为路灯温暖了它们。我小时候，夏天树上总是长绿色的刺毛虫，所以每到初夏，园林局就派工人来为梧桐树打药水，那时候的工人很体贴，总是先在路上四处高喊："打药水了，收衣服啦。"然后，一路上沿街的阳台上都是哗啦哗啦收衣服的声音，竹竿把晾衣架敲得嘣嘣响。更加仔细的人家，把吊在阳台和窗檐下的咸肉、鳗鲞和板鸭也收了回来。虽然大家总是传着其实那也不是什么药水，只是用高压水龙头把刺毛虫冲下来而已，但是仔细的人家总是宁可信其有，不可信其无的。

那是五原路上最热闹的时候，平时就静多了，上午路上只有阳光没有人，远远的，在靠常熟路这一边的五原路上的人，能听到小学校操场上孩子叫口令的声音，还有日托托儿所里的音乐声，靠武康路那一边的人，则只能听到另一个全托幼儿园里的音乐声了。

老人们在街上慢慢地走着，因为老了，真的走起路来像是在路上飘着，一触就倒的那样。

菜场的早市收摊了，卖肉的大胖子在冲干净大砧板，肉摊后面，一个木头门里，住着从前曾当过兰馨剧院经理的程树尧和他的最后一任太太吴嫣，好吃的程树尧常常用电影票和卖肉的拉关系，卖肉的常常照顾这对落魄的夫妇，把好部位的猪肉留给他们。吴嫣并没有浪费那好部位的猪肉，她烧的红烧肉带着浓油赤酱的上海本色，传说中是好吃得要命。吴嫣常常在家里教姚姚唱京戏，去买菜的人大多数都听到肉摊头后面的小楼上那高亢的京剧唱段。路上还是有知道底细的人多看吴嫣一眼，因为知道她曾经是上海滩上有名的交际花，还是一个帮助地下党策反的女英雄。女人们多看她一眼，满心的奇怪，不明白她到底狐媚在什么地方，一致认为那不过是张平常的脸，只是有点历练了人生的硬朗之气。良家妇女沉静的心里到底有点不服气。许多年过去以后，吴嫣去世了，程树尧去世了，连姚姚都去世了，有人回忆起她见到过的吴嫣，还是说："看不出有什么出挑的地方啊。"

七十年代的太阳在地面上，蒸发着带着鱼腥味的江南菜场里的气味，暖烘烘的，腐烂的，刮鱼鳞的女人拖着自家做的木板车回家,固定在木板下的铁轮子发出马上就要散架那样的响声,可是她一点也不在意。她是个聪明而坚强的女人,手背和手指上满是冻疮,要是有人不在意她把鱼肚子里的黄色的鱼子留下来,她就说上好多奉承话。她的孩子是我小学的同学,同学们多少有点势利地看不起他们的出身,觉得与他们成朋友,就辱没了自己似的,其实老师也是势利的人,他们也轻慢那些孩子。听说1972年尼克松访问上海的时候,美国记者看她穿得破破烂烂的,就问她生活得怎样,她马上反击说:"你不要看我现在穿得破,我是在为人民服务,我家里的新衣服一辈子也穿不光的。"当年五原路上口口相传着刮鱼鳞女人的英雄事迹,像传着一件什么幽默的事那样,说的人满脸都是笑,听的人则笑出了声。

到傍晚,住在五原路头上的人,总能听到有人唱赞美诗的声音,那是八十年代的事,那里有一所小神学院,学生在做晚祷。在我家的阳台上,能看到他们穿了白衫的身影,站立在楼顶上的礼堂里。让人想起原来那地方是一个红砖的小教堂,带着一个有冬青树的小院子,原来我一直以为那就是五原路上的天主堂,里面曾经住过意大利修女。在我童年的记忆里,我去过那里,在礼堂平时拉着紫红色幕布的祭坛上，能看见穿着白袍子的上帝像，还有在阳光里漂亮的彩色玻璃窗。我记得那些彩色玻璃被红卫兵打碎后落了一地的那种灿烂。后来，那教堂关了门，然后发生了火灾，教堂被烧塌了。所以，后来神学院造在烧塌了的教堂上，每天都听着学生们唱赞美诗，一条路上的人都觉得理所当然，就像看着从前的资本家重新又得到了被占的房子，又在小花园里种从前的玫瑰树一样，一条路上的人也都觉得是物归原主了一样。我曾把那小教堂写进了《上海的风花雪月》，不久就有一个消息传来，是原来那间小教堂的驻堂牧师的儿子，他说我犯了一个错误，把基督教的小教堂写成了天主堂，而且，他郑重地告诉我，那间基督教堂完全是中国人自己的教堂，没有外国神职人员，而他，就是那个从小在教堂里长大的孩子，目睹着教堂的变化和消亡。那天，我们在电话里回忆着教堂里的东西，院子里的冬青树，礼堂里的彩色玻璃和穿着白袍子的上帝像，还有小礼拜堂里放着的冼星海的骨灰，那个早已经消失在八十年代的神学院里的红砖的小教堂渐渐出现在我的眼前，教堂顶上的十字架好像就在梧桐树梢里隐现。我向他道歉，把他爸爸的教堂说成了是天主教堂。可是，在我的记忆里，一定有一个天主教的小教堂，它就在五原路上。驻堂牧师的儿子认真地说:"无论如何,肯定不是我们的教堂。你一定要弄清楚。"

这件事让我心里又不舒服,又疑惑。我想一个作家可能有职业性的夸张,但自认也不肯信口胡说。那天晚上我站在我家的阳台上,望着马路斜对面带着八十年代笨拙简陋样子的神学院,在我的回忆里,就是有一个人,告诉我一个小小的天主堂,也在街的对面。它在哪里,他是谁,我不记得了,好像是我们的门房老师傅,可他已经去世多年了,我怎么问他呢?没有把自己的消息来源说出来,倒自己先泄了气,听上去好像托词一样。

在五原路尾住的人们,大概朝朝暮暮都听着学琴孩子的琴声,那是七十年代五原路上最多的声音,职员家庭的出身,不白也不红,在那时候要靠一技之长,才可能找到一个好工作,那时的好工作,就是去部队的文工团。于是不少孩子苦苦地学小提琴、大提琴、钢琴,还有笛子、胡琴、黑管。黑管吹得最好听的应该是我家楼下的邻居男孩,他在1977年凭借黑管考上中央音乐学院,然后去了美国学习音乐,成了职业音乐家。最好听的钢琴声一定是当时在沿街的汽车间里的青年情侣弹的,那个男的是后来成了孔祥东恩师的范大雷。吹黑管的男孩子总是站在他家的阳台上,而范大雷和他的女朋友的琴声则是从汽车间精心挂了蕾丝窗帘的简陋小窗子里传出来的。美妙的琴声让路过的人都会放慢步子。那时候,后来从上海音乐学院钢琴系毕业,转行去做了流行歌手的李泉,还是在基督堂对面的弄堂里牙牙学语的小孩子。他在做歌手的初期,自己写了一首爵士风格的歌曲,叫《上海之夜》。

五原路是务实的小马路,夏天的傍晚,在树下走着的,一手提着空热水瓶,一手握着纸币的小孩子,一定是去马路对面的饮食店为爸爸买零拷生啤的,他的爸爸一定已经洗了澡,他的妈妈一定把晚饭一样一样地端了出来。1968年的冬天,在五原路的小菜场里,一定能在拥挤着的人群里找到丽丽鲜花店的老板娘,她挎了一只竹篮,慌慌张张地将鲜花卖给家庭主妇。她家的花店因为资产阶级生活方式的原因被封了,她这时是悄悄地把鲜花卖给要装点家居的主妇。到了夏天,她就卖别在衣服扣子上的白兰花。

但是,站在五原路边上,看来来往往的居民,也相当有趣。

要是在路上看到一个散散漫漫地走过的瘦高个男人,那是漫画家张乐平家的阿三,他小时候奇瘦的样子,是他爸爸画三毛形象的灵感源泉。

要是在上午十点的时候,看到一个慢慢在小店前流连的面色白净的老夫人,那是从前上海的红舞女,听说舞客排着队要她陪舞。

要是看到一个人穿着肮脏的鞋子以奇怪的姿势在路上走走停停,那就是总在五原路上走来走去的一个疯子,他并不骚扰别人,只是自己念念有词地望着四周的房子。传言他是因为1966年突然取消了高考制度,受不了十年寒窗的努力毁于一旦,才突然疯的。我真的看着那疯子唠唠叨叨的唇上的胡子,从黑色的,到了花白。

要是看到一个瘦瘦的大脑袋男孩子疯跑,在《智取威虎山》电影人人都看的年代里,马上就能认出来那是扮杨子荣的演员童祥苓的儿子,他们的眉眼像是一个模子里翻出来的。于是我们小学里有了一个保留节目,一到区里的小学文艺汇演,他演的节目《打虎上山》总是不会落选的,为我们的弄堂学校争了不少光。

还有一个总是穿了黑衣裤的老女人,头发差不多都掉光了,看上去很丑,迎面遇上了,小孩子都赶快为她让路,传言她年轻的时候非常漂亮,是黄金荣的外室,记得我是从她的身上知道了外室就是小老婆的意思。

而在救主堂里长大的牧师的儿子也一定在我的身边走过许多次了,但我不认识他,他却说见到我的时候,我才不到一米高,他是我哥哥的小学同学,在我家开过小组会。写了《塔里的女人》那样的手抄本的作家无名氏,听说有一个女朋友在五原路,他常常来找她,可我也不认识。

但五十年代常常阴沉着脸踱过五原路和常熟路之间的马路的小个子男人,一定是张春桥,当时他在五原路的机关办公。六十年代乘着黑色苏联小汽车去五原路尾的中国福利会幼儿园的,一定是国母宋庆龄,她去视察她创办的幼儿园。七十年代挎一只竹篮买菜的中年妇女,一定是潦倒的苏青。八十年代在五原路穿着拉丁风格的大花裙子袅袅而过的,一定是台湾的三毛,她专门来上海认张乐平做义父。

还是张乐平家的阿四帮我找到了五原路上那个飘忽在回忆里的小教堂,属于天主教的小教堂,曾经有过意大利的驻堂修女的小教堂。阿四说:"有啊,就是有这么一个教堂呢,在我家的斜对面,我小时候进去过,我还记得,那里有一小块属于教堂的墓地,一个小花园,礼拜堂的地板打过蜡。"那时候他还没上学。那是他童年时的记忆。然后,他帮我找到了一个出身在天主教世家的朋友,她从家里找到了关于那个小教堂的最准确的消息,那个小教堂是小而精致的礼拜堂,在老房子的底楼,属于意大利教区的教堂,所以那里住过意大利修女。因为涉及天主教的龚品梅事件,五原路上的小天主堂在1955年被关闭。早先,那里的礼拜堂的地板的确是打过蜡的。

1955年,我还没有出生呢。

阿四仔细地告诉了我小教堂的位置,我才明白原来就是我在杂志社上班时,中午搭伙的那个地方。现在,那个房子的底楼一点也看不出小教堂的痕迹了,没有礼拜堂,没有墓地,也看不出阿四说的打过蜡的地板,以及老天主教徒记忆里面的精致的礼堂。原来的花园,后来盖了房子,现在连那些房子也旧了,七十年代式样的钢窗,水泥地,墙上穷困的绿色涂料,薄薄的板门,能让经过暗淡的七十年代的人,靠它回忆起自己那时暗淡而平静的日子来。在原来应该是花园和小墓地的地方,我见到一棵很大的石榴树,奇怪的是,那石榴树开的是淡黄色的花,结的也是淡黄色的石榴。我望着它,疑神疑鬼的,因为到底不知道世界上有没有开黄花的石榴树。

可是，无论如何，那个小教堂还是住在阿四幼年时的记忆里。它也飘摇在我道听途说的印象里。到底是谁告诉过我这个1955年就被关闭了的小教堂的呢？为什么告诉我呢？为什么我会这样强烈地记得它呢？楼上一个窗子，伸出一把滴着水的拖把，阿四说，要是有过意大利修女，她们一定住在教堂的楼上。也许就是这扇现在有滴水拖把的窗子的房间？

要是在五原路上见到一个被张家的奶妈称为绅士风度的男人走过，不知底细的人也不会想到，他就是牢牢地记得看到过的教堂的阿四吧。"要是我写小说，我一定要写五原路的历史，它真的是有意思的马路，一个藏龙卧虎的地方。"阿四说。

箱子

说起来，还真的是从尼可家回来后，我开始留意自己家的箱子。我一直都忘不了在尼可家的客人房里，对着房门的那一摞箱子，像中国匣子一样，一个一个摞上去，有着旧箱子才有的悠远而静默的姿态。我就是不能忘记那样的箱子的姿态。

过了不久，我要搬家，从小时候住的地方搬往新家。那时候才发现原来家里窄长的壁橱里，居然能放下那么多东西，多到让人不能置信。我妈妈从家里腾了一些箱子出来给我，让我装东西用。于是，一大堆箱子就这样到了我的家里。最大的黑皮行李箱，年龄大过我，是我爸爸妈妈刚生下我小哥哥以后到南洋工作时用的。那是他们在南洋买的皮箱，是印度尼西亚的大象皮做的。然后，他们把它带回国，当我家从北京搬到上海时，他们又把它带到了上海。那时我已经有了记忆，我记得到上海的时候是个晚上，"上海火车站"几个字被红色的霓虹灯框着，冰凉的晚上发出了红光。那时我已经有点识字了，认得我家的陈字，小女孩都是顾家的，在等车接我们回上海新家的时候，忙着数我家的箱笼，我爸爸在箱子上贴了白纸，从"陈1"到"陈7"，都是我家的箱子。那个大黑箱子是最醒目的。那时里面装着我们从北京带来的冬衣，我大哥的蓝布棉猴，我小哥哥的咖啡色灯芯绒夹克，我的花缎子棉袄，大概当时都在那个箱子里。就这样，我们家从北京搬到了上海，成了上海人。爸爸妈妈并不怎么在乎搬家，他们年轻的时候不停地搬来搬去，到一个地方，连厨房的凳子都是从公家租的，凳子角上钉着公家财产的绿色小洋铁牌子。而箱子却是带来带去，真正跟着我们家走的东西。但那一次，我们家在上海真的住了下来，所以七只箱子上，1964年爸爸写的"陈1"等，都一直保留着。1974年暑假我第一次回北京我的出生地，在那里过夏天，我小时候的朋友领着我去看我家从前住的四合院，我见到了小时候记忆里的朱红色的大木头门，但是我不再感到这里是我的家。从院子里散发出来北方家居暖融融的生葱蒜气味，已经是我陌生的了。人人都把我当上海人看待，可我家的大黑箱子知道我们不是。不是上海人，也不是北京人，是跟着箱子的人。那么多年过去了，大概还是这样的人吧。我把大黑箱子安顿在我自己家的屋角里，也就安了心。

在黑箱子上面，放上一只牛皮箱子。

牛皮箱子是我家最结实的箱子，又厚又重。原来里面放的都是妈妈的旗袍和细软。在她旗袍很多的时候，她曾经把它们放在大黑箱子里，但随着我长大的夏天一年年的到来，她的旗袍渐渐被改制成我夏天穿的凉快的方领衫，她的旗袍一年年少下去了，就从大黑箱子里换到了牛皮箱子里，那都是年年取出来，但都不舍得改的漂亮的衣服。里面有一条红色的羊毛游泳衣，妈妈年轻时为了到青岛过夏天买的，那时候妈妈一定没有想到后来会生一个女儿，她的女儿长大以后也穿那件游泳衣，穿到青岛去过夏天，夜里在海里游泳，仰天而卧，看天上的星星，而那时妈妈已经不愿意下海游泳了。小时候晒霉，妈妈拿了她充满了樟脑丸味道的细软，到事先铺了白单子的竹竿上晒，包括那件纯羊毛的红色游泳衣。我望着它，也没有想到过以后我会在青岛过一整个夏天，像妈妈年轻时一样穿着它站在一块礁石上照相，照片上的我，比妈妈高，比妈妈傻气。后来，那红色的游泳衣就放在我的衣橱里，直到牛皮箱子也到了我的家，我重新把被多少年的阳光晒褪色了的游泳衣放进原来的箱子里，我的女儿是不会穿它了，她的游泳衣是比基尼式样的，尼龙的，不是我那种有衬里的、羊毛的、平腿的保守样子了。最后，妈妈留给我的是一个配旗袍用的缎子小包，里面有一面镜子。我把那个小包也放进箱子里。妈妈现在是穿着普通的老人了，有时穿花裤子就到院子里去了，但是见到我有事得穿旗袍的时候，她总是在我换衣服的房间里走来走去，有许多批评和不满，抱怨我穿礼服的教养不够。这是真的，从小到大，我穿得像样的，就是妈妈的游泳衣而已。

牛皮箱子上，是只更小一号的牛皮箱子，那是我爷爷的箱子。那箱子还是在1929年经济大萧条前买的，那时他在广西做百货掮客。1929年全球经济大萧条以后，他就再也没有正经的工作，变得非常穷困，根本不可能再买一个这样的皮箱。爸爸有时说，就是那时候，他突然懂得了世态炎凉，体会到了穷人的可怜和耻辱，爸爸是因为这样的处境，才激发出护卫穷人的感情的吧，是这样的感情引他将自己的一生投入到中国革命里去的吧。爷爷从前的事，我一点也不知道，等他从广西到上海来和我们住在一起时，他的胡子已经很白了。他把皮箱放在他的房间里，他的皮箱我不可以动。里面放着的大概都是他从广西带来的细软。小时候我识字早，看了一本儿童小说，叫《奇怪的舅舅》。那个故事说的是，一个小孩家里来了一个舅舅住，但后来小孩发现，那个举止奇怪的舅舅原来是个国民党特务。爷爷在我的眼里也是奇怪的，他说不来革命的话，他的箱子从来不准我看，可里面装着一些写着繁体字的纸。记得小时候我特地找爸爸谈这些奇怪的事，爸爸郑重地向我保证，爷爷的皮箱里面一定没有手枪和炸弹这样的东西，爷爷也一定不是国民党特务。但爷爷的皮箱仍旧是神秘的东西。

爷爷去世的时候我还小，由姑妈保管爷爷的东西，直到姑妈也老了，去住老人院，把她的东西交给我来保管，我才有机会看到箱子。箱子里面装着爷爷的照片，爷爷的孩子们的照片，还有一张我小时候的照片，从照片上看，我小时候并不像那么会怀疑别人来路的小孩。我没有找到一张有繁体字的纸，不知道为什么。但在我的印象里，真的有一张，小时候觉得它是委任状什么的，现在想起来更像地契什么的，可就是没有再见到过。我告诉爸爸，这一次，距离上次为爷爷箱子里的东西质疑爸爸，已经过去了三十多年，现在已经八十岁的爸爸不再郑重地说:"我的天,你小时候就疯了,现在还是疯的。"

但无论如何,爷爷的箱子现在由我来保管,是我高兴的事。在爷爷的箱子上,我放了尼可那天夜里送给我的放化妆品的小皮箱,它正好比爷爷的皮箱要小一号。我不知道那小箱子是哪个爱美的时髦女子用过的,她装的是什么牌子的粉饼和口红,衬里上的小镜子照亮过怎样的一张脸,从前上海时兴的是大脸的美女,满月样的脸盘是不是把那面镜子都撑得满满的,照不见头发。我也不知道尼可是怎么找到这只小箱子的,可是喜欢尼可送的礼物,她是个聪明人,过了一个傍晚,她已经知道我喜欢一切藏着故事的东西。在我为她的礼物推辞的时候,她就肯定地望着我,她知道我心里真的想要,只是晓得拿别人收藏的老东西,实在是非分之想,出于礼貌才假意推辞的。但其实我心里还有点复杂,为了从一个法国人手里接受一件漂亮的上海旧皮箱当心爱的礼物而别扭,好像觉得应该是我送一个给爱找老箱子的法国人才对。尼可说:"我见到一个对自己城市历史有兴趣的上海人也高兴,所以我想要送你一个礼物,你们更应该了解自己的城市,保护它的历史。"

还有一个一米高的立箱，是爸爸年轻时用的。那是一个铁箱子，比任何皮箱都要结实，棕绿色的，也很漂亮精致。那是第一代西装箱子，用淡茶色的缎子做衬里。里面立着的衣架正好挂两套带马甲的西装，还有两件衬衫，不会被压皱。还有两个小抽屉，第一个放别针、领扣和袖卡这样的东西，还有一个可以放下两双男人的皮鞋。我还记得在他的箱子里，有一套白色的尼龙西装，还有下摆很长的淡黄色的尼龙衬衣，浅棕色的镂空皮鞋是捷克产的，带着东欧那种轻松而淳朴的小布尔乔亚气息。那时候的袖卡，里面是可以伸缩的钢丝，外面包着缎子。爸爸的领带夹是两只金色的马头。小时候，只要看到它高高地立在走廊里，就知道是爸爸出差回来了。他的工作需要他一直穿漂亮和讲究的衣服，在上海满街都是蓝制服的时候。但他不是一个对此感到庆幸的人，他真心想要和别人一样穿蓝制服，总是教育我们小孩，他这样讲究，完全是工作需要，不是我们借此可以与众不同的理由。所以从很小开始，我就知道夹着尾巴做人的意思了。可是，我猜想，爸爸也喜欢漂亮的衣服，轻而结实的捷克皮鞋，明白它们到底是比蓝布衣服好看。也许他也喜欢欧洲，他学了俄文、英文和波兰文，还有一点点日文，听说有时候他喜欢直接用外语和外国人交谈，他也喜欢自己开车。所以，他总是把飞机降落时发的薄荷胶姆糖留给我吃，那是波兰糖，由波兰航空公司发的，因为在中国买不到那样的糖。还会把给我买的玩具放在他的皮鞋里。那是些漂亮的波兰硬塑料做的娃娃。但是他从来没有表现出对它们的留恋，到晚年，他更多说起的是年轻时那些危险而艰苦的岁月，在延安，在东北，留恋那时革命者的队伍中一心为了理想，全然不计其他的单纯和决然。

铁箱子是我小时候最爱看到的东西之一。过了三十年，我搭当年爸爸搭的同一航线去波兰，飞机上还是发那样的胶姆糖，和小时候吃的一样辣舌头。我为爸爸带回来一个波兰产的铝合金拐棍，那是爸爸现在需要的东西。而新式的西装箱子是用软皮做的，客人把它搭在肩上就可以上飞机，然后请空中小姐挂在飞机上的衣柜里就行了。爸爸的铁箱子已经淘汰了。

从妈妈家带来的老箱子，只是立在我的新家的角落里，近着餐桌。有空的时候，去抹干净箱子上的浮尘，简直可以说是一个美好的时刻，虽然把那些箱子打开，不再是小时候看到的东西，但我总是关着它们的，生锈了的大钥匙就在锁眼里插着。然而还是有一种自己有所从属的释然在心里油然而生。在我新家陌生的气息和四周全然没有从前都市老宅的声色的宁静里,箱子们像《西游记》里的定海针一样,定住了我的心。这使我想到了尼可,还有尼可家客人房里的那些个箱子。

旗袍沧桑记

其实在我出生以前,我家的壁橱里就已经有一箱子的旗袍放在那里了,那是我母亲的旗袍,放在一只黑色的大皮箱里,据说那是用东南亚的大象皮做的。那只箱子上贴着一张白纸,纸上写着"陈7",那是我父亲的笔迹,方方的,有一点点斜着。那是我们家在我很小的时候从北京搬来上海,在火车上托运的行李号码,我只记得我们站在一个楼梯口,母亲穿着黑色高跟鞋的脚边上,放了许多大大小小的箱子。我根本不知道黑箱子里放着那么多的旗袍。

我不知道的事情很多,因为父母很守规矩,从没有正式对我说起他们从前的事,他们做过的工作,我只知道他们在我出生以前,在国外的使馆工作过多年,所以我们家有一些他们从国外带回来的东西,包括许多衣服,那是工作需要。

我很小的时候,曾看到过母亲穿旗袍的样子,那是她陪父亲参加什么活动。傍晚，他们俩都不在家里吃饭，可是很早就回来了，在他们的房间里打扮。家里的气氛也因此动荡起来。母亲先穿上玻璃丝袜的吊带，再小心地从脚尖开始套上玻璃丝袜，对齐后面的袜径，不让它歪到一边去。然后穿上一件月白色无领的旗袍，在我看来已经算是很漂亮的了，还有一圈线织的白色小花边。可这只是她的衬裙而已。然后她选了大衣柜里的一件纱旗袍，绿色的底子，上面有桃色的小花，我不认识那是什么花，一丛丛的，母亲漂亮得像一个长颈花瓶，真的把小姑娘迷死了。母亲拍着我的头安慰说："等你长大了，都给你。"那是六十年代，我还没上小学，离长大，还有太长的路。

然后，很快地，就"文化大革命"了，我家被抄家。我陪母亲一起站在灯光明亮的客厅里，看别人翻我们家所有的东西，大黑箱子被打开了，一个女人用手揉着母亲的旗袍，一件件地抖开了看，她的嘴里不停地骂："这都是人民的血汗，这都是人民的血汗。"可她的手指，不住地摩挲着不同质料的旗袍，就像在布店里买布的时候一样。母亲不做声地站在一边，好像并不真正生气，而有一点点骄傲似的看着她。

我们家的许多东西，像书、唱片、口红、皮鞋、信件，都被烧了，可就是那一大箱旗袍，不知怎么会留了下来，深深地藏在黑箱子里，放在壁柜箱子的最底下。在我长大，到要换季做新衣的时候，母亲常常开箱子找出那些旗袍来，看上一遍，然后找出几件，拆了给我做新衣服。她常常让我帮忙拉着，用一把父亲的剃须刀片，把缝线的地方小心地拆开。她会说："做工多么好啊，以后是再也不会有了。"拆花边的时候比较麻烦，不小心就会在料子上割出小口子，那时母亲就抖一抖手，说："拉紧了！"那是埋怨我呢。绿纱旗袍，做了我夏天的方领衫和小短裤。粉红色缎子的旗袍，成了我棉袄的面子，穿过了整个小学六年的冬天。渐渐地，从旗袍上拆下来的黄铜拉链，都积成了一把，在针线笸箩里放着。

每年6月，大热的天，晒霉的时候，它们才被拿出来，用竹竿穿起来，再在上面蒙上白单子，放到阳台上晒。房间里到处飘着樟脑丸的气味，还有涩涩的丝绸气味。母亲有时候拿了张大椅子坐在阳台边上，默默地看着在熏风里摇荡的花旗袍。它们一年年地少下去了。忘记了从什么时候开始，母亲不再拆旗袍给我做衣服穿了。所以每一年，那些最美的旗袍又被小心地叠好，放进箱子里去。

那时候，我很起劲地把那些下午时分收回来吹凉的旗袍试在身上，有时自己站在镜子前面看，有时穿给母亲看。母亲总是说："你还没长好呢，撑不起衣服来。还要再等等。"

我少年时代喜欢玩照相机，常与朋友在家里自己照相，自己冲洗，有时我们就在母亲的箱子里找出旗袍来穿上，照完相再放回去，弄得满身的樟脑味道。果然是穿旗袍不好看的，瘦小的身体，没有曲线，像挂在衣架上一样，可我们都觉得自己穿旗袍的时候，是那么妖娆。

"文化大革命"过去以后，母亲已经不再合适穿她年轻时代的旗袍了，那时时兴了一阵子大喇叭裙子，她买了丝绸回家请裁缝给我做那样的裙子穿，旗袍变得非常的过时，那些用上等蚕丝织起来的绸缎，在箱子里都要烊坏了。于是，哥哥们的女朋友上门，母亲就送给她们。还有穿旗袍时配着用的缎子手袋，里面有镜子的，是化妆包。她们当好玩的东西收了下来，从没有真正穿给我母亲看过。她们也和我一样，穿大喇叭的裙子和圆领衬衣，表现出社会最容易接受的朴素的孩子气，只是努力去避免粗鲁。

要等真正过了许多年，我出国准备衣服，母亲说，在比较正式的场合应该穿旗袍，那时候，我已经完全长好了，可是我觉得旗袍不如裙子来得随便和大方，不愿意穿，我长得高过母亲，因为瘦，她的衣服我都可以穿，于是穿了母亲的西式套裙走。母亲说："你真蠢，不认识好东西。"我说："不要你管。"母亲老了，不再晒霉，只是每年把箱子盖通通打开，吹一吹就了事，有时回家听说，那些穿不上的衣服被虫子蛀了，父亲的一抽屉领带，用来绑窗帘用。母亲扎成一个硬挺的蝴蝶结，也很好看，母亲就很得意地点给我们看，算是她"化腐朽为神奇"的本领。

又过了许多年，开始出现了晚会、歌剧，偶尔我需要真正正式的衣服了。中国人的心情，怎么也不能适应露出整条背的礼服，于是我开始想到旗袍，母亲年轻时的样子回到我的心里，原来那是很婉约的正式，也许是因为我开始老了。

大黑箱子里的旗袍，没有一件是适合我穿的，那是我母亲三十岁时候穿的旗袍，我穿着，领子和袖子都紧了。

于是我去裁缝那里做了我自己的旗袍，现在已经不再有衬裙了，真丝的里子代替了它。裁缝送旗袍来的那天下午，我特地在母亲家里，在她房间的穿衣镜前试衣服，母亲在边上看着，抱怨着现在裁缝拙劣的手艺。我的女儿也跟进来看，惊呼着："我的天，金碧辉煌啊！"

我拍了拍她的头:"等你长大,就给你。"到她能穿这衣服,那是下个世纪的事情了,也许十年,也许十五年。

我母亲马上说:"那可不一定。"

我的棉袄

我小时候很多病，平均每个月要到医院小儿科去看一次病，总是扁桃体发炎，发高烧。小儿科的医生都认识我了，每当我拿着厚厚的病历卡走进小儿科，那里的医生就朝我长长地叹口气，说："你又来报到了。"所以，别的小孩还没穿毛衣，我就已经穿上毛衣了。等梧桐树掉叶子了，天开始刮北风了，别的小孩穿毛衣，我就该换上棉袄了。等下雨了，下雪了，别的小孩都穿棉袄了，我妈妈就担心我的棉袄不够暖了。经常感冒发烧的我，比同龄的小孩都要瘦小的我，能一气吞下四片大药片的我，在我妈妈看来，需要最保暖的棉袄。

妈妈是东北人，会做棉袄。她总是在天还没冷下来时，就开始准备我的棉袄了。从前人们说，小孩子的骨头嫩，不可以穿新丝绵。妈妈就把她自己穿了一冬的旧丝绵袄拆了，把她棉袄里的丝绵拿出来给我用。丝绵是微微发黄的，亮晶晶的，滑溜溜的东西，听说是用蚕宝宝吐的丝做成的，不是真正种出来的棉花，是很珍贵的东西。我看到妈妈用手轻轻将它们拉松，平平铺在纱布上，铺出一件棉袄的样子。她喜欢我这时一直在她身边，她常常伸手摸一下我的肩膀，细细地摸肩膀的边缘，说："呀，这么窄！简直就没有肉，什么衣服也撑不起来。"说着，在肩膀那里将丝绵铺得厚一点。或者，让我把胳膊伸出来比比，我的胳膊常常比一般小孩要长，妈妈这就高兴了，说："看看，差点就把袖子裁得短了！袖子一短，棉袄再暖，身上也不会暖的。"妈妈做的棉袄每次都袖子很长，第一年不得不将袖子挽起来。袖子又厚，挽在手腕上，觉得自己的胳膊像两只大榔头。但是我不敢抱怨妈妈，妈妈不是那种喜欢做家务的妈妈，她常抱怨家务，她喜欢听音乐。她为我做棉袄已经很不容易了，我家别人的棉袄都是买的，只有我的棉袄，都是妈妈亲手做的，她在肩膀、袖子和后背处都絮得格外厚些，好让我暖和。

　　妈妈絮好丝绵，用纱布细细地软软地包了，用细棉线轻轻地连成了衣裳的样子。然后，她把它放到罩布上，用罩布包起来，再缝上。妈妈常常将她的缎子旗袍拆了，给我做棉袄的罩布。妈妈的旗袍都是用极细的好缎子做的，手摸上去，老觉得手上的皮肤太粗了，沙沙地钩着了缎子的丝，让人不敢摸。它被灯光一照，泛出一片柔和明亮的光来，让人不敢想穿在身上的样子。妈妈垂着头，密密地缝着我的棉袄，说："这件旗袍是春秋天穿的。有次穿了去参加晚会，让一个刚来上海的波兰人见了，羡慕得不得了，她忍不住动手来摸，也顾不得礼貌。"我见过妈妈穿旗袍时的照片，温婉漂亮，配了象牙胸针和高跟鞋。我和妈妈，我们两个人都觉得将它改成我的棉袄，真是糟蹋了。可是我们都没说出来。

用缎子做的棉袄，是又轻又软的，就是经不起磨。我的棉布罩衣只要一个冬天，就把棉袄的缎子面磨破了。那像云霞一样闪闪烁烁的缎子面被磨掉了，露出里面红色的底子，像照片的底版一样，在红色的底子上，隐约还可以看到面子上的花纹。我这才知道，原来缎子上的花纹是分好几层织上去的。妈妈看到我的棉袄这么快就破了，并不吃惊，也没有抱怨我不爱惜，她也许知道我非常爱惜，我从来不乱脱，乱扯，乱放，从来不像别人那样，晚上睡觉时将棉袄压在被子脚上，当毯子用。只是说："上好的缎子怎么经得起贴着布，天天磨呢。"她好像早就料到会是这样的。

没有红绿灯的马路

从前的马路上,行人没有这么多,没有这么急;车也没有这么多,没有这么急,连红绿灯都像快睡着,可还勉力睁开着的眼睛,缓慢地一眨,一眨。所以那时候的交通警察来得及从马路中间走过来,拉一个老人,或者一个小孩过马路,孩子要是拾到一分钱,也有可能和民警交接半天,脸通红地,光荣地。

现在不同了,现在孩子过马路,就如虎口逃生,在他们的眼睛里,"车子像刀一样开过来了。"这是我的孩子说的,这一年她有时独自放学回家,开始懂得马路上的凶险之处。

太阳每天要经过常熟路上学,在我小时候,这是一条常常站在马路中间放眼一望,从淮海中路到华山路,没有一辆车开过来的寂静马路,能听到丽丽鲜花店的布遮阳篷在风里啪啪地响。而到了陈太阳的年代,这条路上有 126 路、45

路、49路、903路、830路开过,还有无数出租车,直抵到你的面前才会刹车,有像灯下蟑螂一样张皇的助动车,骑车人奇怪地把双脚盘在车身上,而不是放在踏脚上,有更多的脚踏车,还有像小布盒子一样突突跳过来的残疾人车,整日在路上混在一起向四面八方而去。然而,这里没有交通警察,也没有一盏红绿灯,所有的人都在延庆路口凭自己的本领过马路。

陈太阳就在这样复杂的地形里锻炼成长,这是她在社会上学到的第一课:怎么过市场经济时代的马路。

她小,但不怕与人打交道。所以,她总是在路口等着,看到有一起过马路的大人,就紧紧跟在大人身边,"他高,像墙一样挡着我。"太阳这样说。那些过马路的人,常常一把抓起她的手,说:"你跟着我。"就这样,过了一次又一次马路。为了怕太阳偶尔正好把自己热乎乎的手交到人贩子手里,有时我教她找老年人,当然,也是觉得年轻人没有帮小孩的耐心,全都忙着竞争呢,过马路也是一肚子的心事。可太阳说,常常都是年轻人拉她过马路的,只是到了对面,他们大都来不及听她说声谢谢,就匆匆走开了。

她常常得到老人的照顾,有一次她踩到一摊油,摔得一身脏，是个老人领着她找到一个水龙头，帮她洗干净了，还揉了摔疼的屁股，再送她过马路的。只是老人也怕过马路，他们拉着个孩子，像弱小的同盟军一样，在车流里走走停停，他们最恨的，是那些充军一样快的出租车，对成年人来说，我们痛恨它们的是没有礼貌的拼抢，而他们痛恨的，是对自己的恐吓与无理。常常这萍水相逢的一老一小，齐声咒骂着天杀的马路。看起来，弱小的人总是最可以互相帮助的，因为他们的处境相似。

有一次，太阳差点被一辆大巴士撞倒，车头已经直撞到她的书包上，推得她往前一冲。那司机伸出头来叫："你不长眼睛的？"太阳满心奇怪，说："我后脑勺上是不长眼睛的。"这时对面开过来的车上的司机看到了，亦伸出头来叫："你这个人是怎么开车的！你自己才不长眼睛。"太阳只以为这种情形等同于父母在家里争执，不关她的事，绕过车缝就走了。回到家告诉我，我马上发给她一支笔，告诉她遇到这种情况，定要将那坏人的车的牌照号码记下来，等妈妈查出来，找回公道。而太阳说："对面的司机叔叔已经骂过他的，眼睛弹得这么大。"她两手一拢，做了汤碗大的一个圈。是的，看起来世界上还是有正义的声音的。

这街上还有两个大垃圾箱,一个菜店,四个马路露天小吃摊,一尊田汉铜像和一个老上海餐馆以及一个华亭路衣饰市场,沿途两所小学,几百个和太阳一样的小孩,就这样每天放学回家,他们就这样见识了他们将要进入的社会,学习了自己最初的处世方式。所以,请常熟路延庆路口的驾车人想一想这些孩子吧,谢谢每一个伸手出来拉住孩子的人吧,当你们老了,他们长大,他们会用从你们身上学来的东西报答你们的。他们亦是你们每个人将来的社会。还有,请交通警察在这里安一个红绿灯吧,让孩子懂得和使用规则,让他们将来懂得依靠法律。

让我再做一次你的孩子吧

我的大哥有一次对我说："你看一个人是不是乐观和健康，就看他走路的样子，爸爸已经快要八十岁了，可走起路来还是直直的，说明他的心还年轻。"那时候爸爸正离开白色的大伞，向大海走去。他的稀少的头发湿了以后好像变黑了，实际上，头发从来没有完全白过。他走路的样子就像我们小时候，他领着我们去东湖饭店的游泳池游泳的样子，那时候我的哥哥都在上中学，爸爸总是把他的手表扔到深水里，让两个哥哥潜水去捡，我在最浅的水里小心翼翼地拉着池沿，闻着蓝色水里的气味。每次游完泳，妈妈都逼着我们拼命洗干净，因为要把水里的氯气洗掉。要是哥哥们捡不到爸爸沉到底下的手表，爸爸就会从高台上跳水，自己把表拿上来。

说起来，这都是三十年前的事情了，可我们都没有爸爸真的是已经老了的经验,每个人都只有一次自己的爸爸渐渐老了的经验。我们都不晓得什么叫爸爸真的老了。

那一年夏天,我们家的人去青岛过夏天,去海滩上游泳,快要八十岁的爸爸,在海里奋斗,想要爬上浮在海水上的气垫床,那本来是我从德国买来孝敬他,让他可以躺在海面上晒太阳,可他想要爬上去从上面跳到海水里。每一次努力,他都站不稳,都像一口袋面粉一样踩翻了气垫床,摔到海水里。他有一个白白的大肚子,把游泳裤穿在肚子下面,有一次海水的阻力顺利地褪下了他的游泳裤,让一直怂恿着爸爸玩一个高台跳水的哥哥的孩子和我的孩子笑死了。

"外公的屁股真白啊。"我的孩子在海里大声对伞下的外婆报告。把一条海滩上的人都逗乐了。

我想大概爸爸并不知道自己老了,到底是什么意思吧。

这一次,爸爸因为血糖有点高而被医生收到病房里观察,虽然换了医院蓝条子的病员衣服,可还是闲不住地到处乱跑,烟瘾发作的时候,也下去到花园里偷偷抽上一两支香烟。护士见到他,笑着指责他身上的烟味,她们用的是哀兵法,说:"你要是再抽烟,让护士长晓得,我这个月的奖金就没有了啊。"爸爸总是做出惊奇的样子说:"啊呀,你的鼻子那么灵啊。"

一切都和从前一样。

星期天的下午,我去看爸爸,难得看到爸爸躺在床上,面前还有一个年轻的床位医生弯着腰。医生说,你爸爸不知道怎么,突然就睡着了,叫也叫不醒。就这样,突然地,爸爸没有了知觉。他出了很多汗,枕头都湿了,然后像一只被抓住了的螃蟹一样,随着呼吸,吐出白色的泡泡。

来了很多医生,但是查不出来他突然昏迷的原因,护工推着他去做紧急检查,妈妈哭成一团,已经不能应付。于是,我跟着护工去。

到了CT的房间里,隔着玻璃,看到爸爸白色的身体像一床软软的棉被一样卷进了机器的圆洞,我的一颗心跳得喘不过气来,我不知道要是爸爸有什么不测,我该怎么办。

在医生的身后,我看到了爸爸的头颅的影像,白色的,黑色的,我并不知道那是什么。也不知道在什么地方藏着爸爸关于我的回忆。我小时候常常生病,有一次大华医院的医生说要住院,是爸爸背我去楼上的病房的,因为他不想让我坐电梯,因为他觉得电梯里有真正的重病人,不干净。我不知道是不是在爸爸的脑子里也藏着他背我去病房的记忆呢。

那一次，妈妈去找医生交涉，因为他们认为医院没有及时治疗，妈妈曾经是个干练尖锐的职业妇女，她认真计较起来，很少有人说得过她。不知道爸爸是不是也记得这一点。

医生说："没有什么大问题，但是以书面的报告为准。"

到了晚上，什么都查过了，却看不出问题，可是爸爸就是昏迷着，没有醒来。

那是我第一次在病房里陪爸爸过夜。

有时候，我叫叫他，希望他突然睁开眼睛，可是没有。夜越来越深，我困了，可是睡不着，怕不注意的时候，爸爸会突然醒来一分钟。有时候，医生来看一看，有时候我去找医生，可是，爸爸还是没有动静。医生问，你爸爸有没有可能药物中毒？我开始没有明白他的意思，后来领悟到他的意思是爸爸一直有多种安眠药，也许他会用安眠药自杀。

为什么？爸爸是那样一个乐观的人。

医生说："老人，特别是像他这样经历复杂的老人，有时真的就突然厌世，而且会掩盖得很好。"

医生解释了他的怀疑以后，决定为我爸爸输液。

为了怕爸爸动，我一直握着他输液的那只手。能感到冰凉的液体在他的手臂里流淌着，可他的手还像我小时候就知道的那样又大又厚，小时候我跟他到他的朋友家去玩，就常常这样拉着他的手。妈妈并不常常跟我们一起去别人家做客，她喜欢自己在家里，把地板擦得干净极了，让人不敢踩下去。那时候爸爸说我应该多找书来看，好好地学英文，他为我没有背出应该背的英文单词而生气，妈妈说我应该多学习家务，吃饭时不可以发出任何声音，做一个有教养的女孩子，嫁到婆家去，不会让人笑话娘家没有规矩。我想着医生的话，像爸爸这样的老人也会因为终于厌世而自杀吗？我心里第一次对自己的爸爸有了怜悯的心情，但是我不知道能为爸爸做什么。我什么也不能代替爸爸去做，也不能代替他体会老的味道。

很长的一夜。从爸爸病房的窗上，能看到街对面的俱乐部，钱柜，灯火通明。年轻人在那里通宵唱歌。看着那样的灯光，真的不可思议。从前我也在那里唱过歌，我想起了唱过的一首日本歌，一点也不流行，只是偶然点到的，可是，突然就想到了它的歌词，大意是：妈妈在花园里忙着，阳光照在她有许多皱纹的脸上，妈妈她已经老了。我看着她，我想着，就再让我当一次你的孩子吧。我记不确切它的歌词了，就是记得那一句："就再让我当一次你的孩子吧。"

如果能再当一次爸爸妈妈的孩子，变得很小，被他们照顾着，做家里最小的孩子，而不是唯一留在父母身边的孩子，那多好啊。

很长的一夜过去了，到了早上，妈妈很早就来了，医生也都到了，他们围在爸爸的床边，我站在妈妈和医生之间，准备在妈妈的前面去接受一个妈妈不愿意接受的事实。

医生里最年轻的那一个，提出来说，应该为爸爸再验一次血糖。

果然，血糖很低。爸爸是因为突然的低血糖昏迷。

护士一针葡萄糖下去，还没有拔出针管来，爸爸已经睁开了眼睛。他看到床前面围着的都是人，脸上很高兴地笑了。"你们怎么都来了？"他说。他脸上的笑，就是我从小都看惯了的客气而且亲热的笑，一个乐观的、鼓舞人的爸爸的笑容。

医生对我说："到下面的商店里去为你爸爸买一块巧克力来。"

爸爸最喜欢巧克力，是因为糖尿病才忌口的。

我飞快地跑出去。在电梯间等电梯的时候，才发现自己泪流满面。一个护士走过来看见，以为爸爸出了大事，我说不是，是醒过来了。

她说，那你应该高兴才是，不要哭啊。

可是，怎么能不哭呢。

什么时候不再唱歌

太阳从小习惯了我写字的时候不来我房间,她在北屋里忙,自己还唱着什么,她刚刚放假的时候,好像不这样,在家里慢慢地,开始在玩的时候可以唱歌了。我想,她从上学的压力里慢慢出来了,又变成了可以在玩的时候唱歌的小女孩了。我想起了我妈妈从前说过的话,那是我年轻的时候,有一天,妈妈说:"你怎么吃饭的时候嘴里也在唱着歌?"

那时候,我注意了一下妈妈,她静静地吃着她的东西,吃饭的时候的确不唱歌。

我问我妈,她说大人一般都不唱歌,心思重了,就不唱了。

然后我想到自己,不管人家怎么说我年轻,我都已经不会在不经意的时候唱歌了,不会了。就是我在自己的家里,像水草在水里这么自在,可是,我也不会轻轻唱歌了。

我的心也重了。心上有了什么？三十六年的日子啊，高兴的，伤心的，希望和失望，这两样东西，我不大向人说，总是把它们放在自己的心里，我知道它们在那里，只是不去翻检，它们也会越来越重。

我叫太阳，太阳。

太阳跑过来，说，干吗。

我说，我想亲亲你，让我咬咬你鼻子吧。

太阳捂着鼻子，说不，她说，会有一股嘴巴的味道留在她的鼻子上。

我说，我给你睡觉以前看一小时小龙人俱乐部。一小时，平时你只有半小时。

她被这么优厚的贿赂吸引，从鼻子上拿开了手。

我抱着她，说，我最好把你放回到我的肚子里去，这样我到哪里，你到哪里，才好。

我有时抱着太阳的时候，要咬紧自己的牙，是那样的一种爱，爱得咬牙切齿。

成为一棵树

　　我是一个在城市长大的人,没有与大自然相伴的经验。城市的天空常年是灰蓝的,城市很吵闹。树木由于处在南方,常常是不落叶的,叶子一年四季绿着,竟绿得十分倦怠。在这里长大成人,像一棵在瓦缸背阴处长得又瘦又长又细的豆芽,顶着两小片白叶子,怀着一颗又空又满的心。

　　有一天,从办公室阳台上仰脸望去,突然看到了一望无云的晴朗蓝天。

　　同事们都拖了老式的圈椅坐到阳台上来,阳光里面,连男人的手臂和手指也白得像纸。

　　然后有人说:"下一世一定不要再做人了,真想做一只鸟,飞得远远的。"

　　说得大家都很沉默。按照佛的说法,一个生命不知要修几世,才修得做人的机会呢。

我想，下一世我恐怕更想做一棵树。就让我在哪一个山坡只管站着，承受雨露阳光，自己唱歌给自己听，自己摇曳给自己看。那天在山坡上，我已经看到过那样的小树，不高也不结实，有沙沙轻响的树冠。

我说："下一世我想做棵树，住在山坡上。"

马上就有人哼地笑出声来："你不是怕晒怕累怕蚊子吗？所以下一辈子你还是继续当人比较合适。"

马上闭住嘴没有话说。

的确怕很多样东西。离开城市中的家到远方去的时候，心里的那种不情愿就像是天生的一样随之泛滥。带着风油精怕虫子咬，虫子一咬，我会浑身相应地长出许多极痒的红斑点；带着酒精棉花怕别处的餐具太脏，肉眼不能见的细菌在家以外地方是无处不在的；还有怕太阳，怕在阳光下走，一路走着，一路只觉得人迅速软下去，肺部凌空而去，身体只剩下了轰轰乱响的头和一步拖一步的腿，马上变成一棵离开了泥土也没有思想的芦苇。

因为这样，总是蜷缩在都市的家里。楼下一个大院子，本来有一个大草坪，楼上的人家总是往下面乱扔垃圾，弄得草地脏得有一点臭。后来就填成了水泥地。这样消灭了草里的蚊子，也消灭了草地的紫色和黄色的小花，很多人说好。院子里本来种着泡桐树、柳树、夹竹桃和冬青树，后来砍了，在空地上做 bus 库，一进院子满眼都是水泥的灰色。每天早晨七点，汽车沙沙喘着开到路上，接住在院里的中波雇员去外滩上班。车里有空调，一年四季使他们免遭上海挤公共汽车之苦，很多人说好。

家旁边就是五原路自由市场，是上海市区里售价最高的地方，摊主对每个中国顾客微笑，发出那种"虽说你是我主顾，但我比你更有钱"的礼貌、精明但轻蔑的微笑，对每一个外国人欢笑着叫"哈罗"。买卖的喧声终日传来，本来在门柜上挂过一串风铃，麻绳吊的小木桶，小木桶下有两张小铁片，只要有一丝风便津津地响。可在草莓和西风成熟的季节，风铃声不时被喊价声淹没，但买食品可省去很多时间，很多人说好。

家附近是交通要道，马路中央有汽车滴下的汽油污迹，大车和小车不停地走着响着，数不清的自行车像鲨鱼齿间的寄生小鱼一样在汽车之间川流不息。15 路汽车站上，常常有大堆疲倦烦躁的上班族，车久久地不来，站上像一个毒蚊子包，越肿越大。男人女人默然望着车来的方向，在梧桐枝叶的穹隆下，街道的空气里有汗味、马路食品味，只是没有空气本身的清澈如水。

住在一栋六层楼里，城里到处都能看到这样灰白色的中国现代建筑物，轮值到收电费的时候，敲开一户户人家紧闭的门，会发现极相同的格局。杏黄色的方方的家具样式，床靠在壁柜旁边，写字桌靠窗，墙壁或者是天蓝色，或者是淡绿色。一户户人家走过来，站在黑暗无灯的楼道里看对面楼一扇开着灯的方洞窗，突然发现大城市里的人早已被不知不觉修理成相同的样子。

就像城市里的冬青，虽然活着，但被剪成一模一样的绿色方块，因而变成了一种好奇怪的生命状态。

陈太阳的保姆有一天说起她家乡堤下的大片芦苇荡，夏天的晚上散发出特别的香气，"那么绿。"她对抱在手里的陈太阳说，"那是真绿。"

我在旁边问："里面有蚊子吗？"

"没蚊子，"保姆看了我一眼，又说，"不过，不知你们城里人可过得惯。"

我们的大院里只剩下两棵泡桐树。刚会走路的陈太阳上午在院子里玩，看到风过花落，扑扑打在水泥地上，总大叫着蹒跚向那儿去。看她小小的穿白衣的身体弯下拾起淡紫的硕大的草瓣花朵并欢笑地举给我看,我心痛得不能言语。从车库后面探出来的粗大枝条上伤痕累累,但开出的花朵仍旧有着微微的芬芳,从前,这里春天时的满树花朵,总有上千上万,压低了枝条。晚上躺在靠窗的床上,听温凉的风将窗钩吹动,发出鸽子咕咕般的轻响,看在夜色里微微泛白的花朵,夜里的景象渐渐使我脱离肉体的躯壳,恍然变成另外一种物质,与植物芳香融为一体。和我息息关联着的东西,总是离开我很远很远。

活到了三十岁,只有一个机会到树林里去玩,还是和许多人一块去的。那片树林离家那么远,以致要提前一天上路,在一家充满了蚊子的小客栈里过夜。早晨的树林草地上弥散着一层白雾,到处都是潮湿森凉的树的气味,那是一种有生命的自由自在的气味,就像那个山坡上的树。有一次在出差的肮脏火车上,车突然停在一个小站上,说前面出了事故。站外是一个长满了青草的山坡,青草里有两只羊,一只黑的,一只白的。山坡上有一棵树,那一定是一棵没有遭受人类摧残的树,它每一根枝条都自由恣肆地向外伸展,十分安详,十分宁静,它的枝干那么光滑,还微微发青,就像女孩小腿上紧而光润的皮肤。山坡上没有风,我能看见安静的小树里,有青白色的树汁正在缓缓流动,甚至还能闻到有清凉微温的气味。渐渐地没有了思想也没有了感觉,四周没有声音,生命的车突然停住,过去、现在和将来都变成无关紧要的浮在半空中的断片。渐渐地觉得自己也伸展开了那些平时由于生存的空间,由于和人类相处竟然不得不缩折起来的灵魂的枝条,变得散淡、柔软、迷沉、不设防,我觉得自己是听见了自然那无法形容的寂静之声。我还能记得当火车带我离开时身体里有一丝丝延绵不断的疼痛,仿佛动脉和静脉像一条条树根一样被拉断了,也许我就是那棵树。也许这里也有许多许多这样的树。许多自由的树在一起,会是怎样一种情景呢?

同去的人彼此开着有点荤腥的玩笑,有人说要和我同睡一张吊床,我拿鞋底朝他的白裤抹去,抹上一片褐绿的颜色,大约是腐烂的树皮和草汁混合起来的颜色。有人笑,笑声像载重卡车一样。

森林的那种圣殿般的静默没有了,树叶在阳光里蜷缩起来,变得和城市里的人行道树一样茫然。

陈丹燕这个人

陈丹燕这个人喜欢音乐,喜欢很多歌,有时走在街上走在服装店里,突然听到了一支歌,《在无人的海边》,站在货架和式样奇怪、宛如死掉多时的金鱼一样的呢制服装中央,觉得心里动了一动。坐在一个小咖啡馆里喝茶,看着四周吵吵的人,觉得心里有点寂寞。突然听到一小段用潘笛吹出来的《爱的快乐》,然而听起来却很哀伤。这样的音乐这样的歌,刹那就被深深地记住了,还有贝多芬的第六交响曲,现在说贝多芬好像有点背时,还有《蝴蝶夫人》,还有清新游戏的莫扎特。作为非音乐人的我喜欢的音乐,从不对音乐的流派以及音乐的历史负责,只是因为那些音乐是我的思想和我的回忆的伴奏。然后它们又成了我的回忆的盛器,那里面装着我的童年,我的少年,我的1982年,我的1992年,我的长长的寂寥或者愉快的心境,我的失而永不复得的美丽的碎片。

因此,那时的音乐并不常常听,那些带与碟,轻置于彼,渐渐地蒙上轻尘,那是因为真正深入到你的心灵的音乐,是不能反复听的,只能偶尔为之,那个时刻,是滚滚人生中的一个守望的时刻,丢下手里眼里的一切,什么也不想,什么也不看。平时一路听的音乐,顺口唱的一句:"我多么多么爱你",其实全不到心里去。

陈丹燕这个人喜欢墓地,最初知道自己喜欢墓地,是在宋庆龄墓地拔草。那是个清明节,中国福利会的工作人员都去为宋庆龄扫墓。我去拔草,一边看着那些墓碑,看到一个人出生的日子和去世的日子,中间只隔着短短的一道线,而那道线里,却有着谁也不知道的许多欢笑,许多叹息,许多遗憾,许多向往。我觉得心里安静而亲切,就像回到老家。那是个广旷而安静的墓园,单位里的人一下子就走散了,我就在那软软的草地里坐下,继而躺下,压折的青草散发出辛辣的香气。回家的路上,我觉得遗憾,遗憾我不得不离开那地方。后来有一次,我在一个黄昏到静安公园去,只觉得黄昏中儿童乐园的秋千微微摇曳,仿佛宁静而忧伤。我不知道为什么我的心情也随之变得宁静而忧伤，我觉得我是看到了一个小小的灰色的形体坐在秋千上慢慢地摇，慢慢地摇，满心满心，都是对他的亲近。后来我知道这公园在最早的时候就是墓地。我想我是喜欢墓地了。大概我也喜欢死亡这个主题，这是和平人生中最大的日子，最壮丽的高潮，也许还有我从前读过半年护士学校的痕迹？我不知道，墓地对一个人来说，是否意味着回家了。就像一个人来到大海的身边一样，那种无言的亲切与熟稔。

陈丹燕这个人喜欢看洗干净的被单在中午的阳光和风里翻飞。如果有时间的话，还喜欢洗东西，然后到阳台上去晒衣服。空气中满是清新的水汽，然后伏在栏杆上看阳光，看风吹过衣服，那时候会想起一首儿歌：小河在他的河床里，小鸟在他的鸟巢里，小孩在他妈妈的怀抱里，上帝在他的天堂里。感到湿湿的手干了，皮肤微微缩起来，指甲很亮很亮，像一只甲虫。

也许我是喜欢有序的生活的吧，即便是做一个最普通的晒太阳晾衣服的女人，远远地伸出手去拉平孩子花花的小小的衣领，也要心灵的安静与平和。我不喜欢生活得乱七八糟，包括心情也乱七八糟，哪怕那种纷乱里包含着一种浪漫的因素。一个人总是慢慢才明白自己，我想我在重大的问题上，并不像表面有的或者别人猜想的那样浪漫无羁，而是理智的。我想如自己喜欢的那样去生活，不让别人对自己的私人生活指手画脚，自己也不愿意轻易去破坏它。

陈丹燕这个人喜欢飞机起飞的刹那，飞机在跑道上滑行，滑行，然后大声吼叫起来，然后身体往后一仰，一飞冲天。这时真觉得自己像一只鸟儿一样飞起来，一个人能飞到天上去，这是怎样的一种梦想！人只能像歌里唱的一样，仰望着天空，鸟在空中飞着。一个人离开了土地离开了家，离开一切熟悉的东西，就是那样飞啊，飞啊，在有阳光但不安全的天上飞。有时候在飞机发动的时候，我高兴得想哭，因为梦想成真。但是，当飞机着陆的时候，常常也随着同机的人一块为安全着陆鼓掌，这大概，或者是一个人的虚伪，或者是一个人的复杂，或者是一个人的梦想的秉性与现实的秉性之间的完整展现。

人的确是复杂多面的动物，所以，任何把自己偶像化单一化的企图，都会是对自己的为难。二十岁的陈丹燕曾经是百思不得其解为什么自己有两面性，三十岁的陈丹燕则放手不再做这种努力,因为渐渐开始接受现实。

陈丹燕这个人的宽容,常常是限于思想的时候,觉得许多人许多故事许多心情,都是可以一笑就过去的。有时候遇到真真切切的事,也会把所谓知识妇女的风范扔掉。有一次下公共汽车,看到一个高大鲜活的男人,毫不守规矩抢先上车,其实车子不挤,其实如果让他先上我再下,没有什么,只是那时突然觉得被冒犯,突然想要坚持先下后上的原则,在车门口定定地立住,就想先下。然而那男人还是先上得车来,然后我下车,下了车,觉得不甘心,跳上车去,狠狠地击那人一掌,只听那个胸膛像一面鼓一样咚的一声。然后,跳下车去,又怕那个男人万一小鸡肚肠起来,追打的场面一定不堪,于是在路上飞走。然后车子就在那人惊异而愤怒的声音里摇晃着远去。

同去的人远远地站着笑:"好了,好了,一口气出掉了。"

然后,安心买东西,回家,吃饭,睡觉。

陈丹燕这个人看上去单纯、快乐,但是在午夜的时候,常常做目睹谋杀的梦。梦见一些血,一个人被杀死,淡淡的紫色,淡淡的灰色,淡淡的雾气,心情并不恐惧,只是有些惶惶然以及淡淡的悲伤。不知为什么,总是做这样的梦,那就是陈丹燕的噩梦。醒来的时候,总是夜里很黑的时候,睁着眼睛在枕上想,想很久以前的事。

第二食品商店的红肠

淮海中路上的第二食品商店内的红肠做法地道,带有烟熏香味。买的时候只要言明做色拉用,店员便不会切开。买半根即可。回家后可将外面的肠衣撕去,切成比洋山芋略小的方块。

我的安徒生

我在"文化大革命"中开蒙,学的第一本小学课本,还没上课,先由老师领着同学把一篇篇"有毒"的课文用糨糊贴起来。学的第一句英文,是 Long Live Chairman Mao。直到十九岁上大学了,才在中文系阅览室的角落里读到了儿童读物,是林语堂译的《彼得·潘》。那时候很奇怪,除了上课老师开的书单子,我自己选择的,总是一些儿童读物,一个二十岁开始读儿童读物的人,捧着泛黄的三四十年代的小册子,在狭小安静的书架子之间飞往童年空缺的部分,这是我的大学时代课余喜欢做的事。

然后我在书店里买回了一整套《安徒生童话集》,叶君健译的,绿面子,里面的插图是原版的,小女孩飞舞起漫天的长发,精致古典地出现在薄薄的泛黄的书页上面。我非常喜爱这套书,没什么来由的,它是我的《圣经》,随时可以拿起来读下去，亦可不经意就放下，宛如家人。到我结婚离开家，带着这套书走，把它放在新床的床头上。

我不知道是不是因为这套书，使我写了八年的儿童文学，成了一个作家。现在我不再写儿童文学了，可它还是我常常看的书，有时我心疼地想着安徒生这个人，内心的热情和浪漫、害羞和敏感怎么能在社会上长长地生活许多年呢，社会是一个这么让人厉害起来的地方。我喜欢许多外国作家，普希金、莱蒙托夫、玛格丽特·杜拉斯、雨果、欧·亨利、杰克·伦敦，可常常随着自己境遇的变化，又疏远了他们。只有安徒生是一直喜欢的，平等地，带着一些亲爱的意味去喜欢他，将他小小心心地放在心灵深处，望着他勉励从善的笔一点一点画出人心里优美的世界。

我生长在一个无神论者的家庭，我心目中没有天堂，当进入社会，看到许多不好的东西，遇到许多无能为力的事，感到许多软弱凄惘的时刻，内心的惊慌犹疑无所依傍，这是至今我对自己非常遗憾的地方。也许因为这个，安徒生一直对我有着某种意义？他的书里有坚定的锡兵，最后熔化了，还是化为一颗小小的锡做的心。所有人类梦想过的优秀的品质，都在他的故事里可以找到。

在我很年轻的时候，我觉得我会爱上一个安徒生一样的男子，丑、瘦弱、温情脉脉，心上开满了花。

现在我的那套安徒生全集里，长出了黄杏颜色的纸锈。

旅行去欧洲，有一次几乎到了丹麦，可却把指在地图上的铅笔往西边画下去，那一年我三十五岁，懂得一直在心里珍爱的东西，就避开和它见面。还有一次，遇见了一个丹麦姑娘，当她说到自己的家乡在丹麦的海边时，我忍不住往她脚上看一眼，她哗地笑出来，说："我不是人鱼。"我看到的是长满金色汗毛的小腿，结结实实的，细小的脚踝，于是我说："很遗憾。"我们谈了一会儿天，她说她的丹麦很小，人也很少，所以如果开车进丹麦的话，边境上要给驾车人一张请求书，纸上写着，亲爱的驾车者，我们丹麦人太少，政府需要他们中的每一个人，所以请你小心驾驶，放慢速度。那时我心里出现了安徒生，那到底是他的家乡啊。我遥远地想着它们，满心不可救药的温柔。

我习惯遥远而熟稔地想着什么，像我的许多同时代人一样，想得很多的，也许是欧洲，在破旧或者崭新的欧洲小说前垂下眼睛，开始想。不知因为什么，我们这一代人更多地看翻译作品，比背诵古代中国诗词更有兴趣。读能找到的所有的翻译作品，习惯了它们的句型，长长的，很多状语的。那样的句子为我们建立了一个遥远的精神家园，有时，我们觉得自己是从那里来的，这想法接近于荒谬，但却真实。这是翻译作品对我们这一代人的养育，我们这一代人，从小在政治动荡的烟尘中迷着眼长大，将希望和生活寄托在别的未知的地方；不叫孔子，叫孔老二；没那么多的理想，可也不安分，偷偷跟着一张小小的绿色塑料唱片学"英语九百句"。我们这一代人里没有几个作家，所以许多人那遥远而熟稔地默想着什么的时刻，不常让许多人知道，而在不被人知的时候，自己还常觉得这只是个人的小怪癖，像有人忍不住喜欢用发卡挖耳朵一样。

我们这一代乱看了许多书的人啊，个个会有那么一丁点不可救药的温柔之情埋在心的一个角落里，只是人被磨练得硬气了，有也不说，被碰痛了也不说。只有一次，我请一个不常见面的人到我家，是因为我们都刚从德国回来，想聊聊天，说德国的事，说了一会儿，天下雨了，他家又远，我就留他在家里吃饭，我们一块摘刀豆，外面大雨如注。这时，他突然抬起脸来，说："德国在我读书时，是我的精神故乡啊，可到了那里，看到他们的每日生活，我真的吓了一大跳。精神故乡的人，怎么也吃饭睡觉的呢。"他那读书人敏感的长脸在昏暗的屋子的一角扬起来，德国把我们的什么东西打碎了，我们经历了从有锈渍的书页到坚硬大地的回乡路，那么长，那么难，那么不为人知。从此，我在心里把这个人视为朋友，几年才见一次面，见了面会真正地问一声好。

有一次在报纸上看到因为翻译了《安徒生童话全集》，丹麦政府给了叶君健一个奖，我真的高兴，为我的感恩有一个最合适的东西将它表达出来而高兴，我从来没有见过老先生，可我想着，要是有一天我见着了他，也许会想抱抱他，像抱我的长辈，因为没有他的劳动，也许就不曾有我的心灵。

来自印度的短诗

阿罗克送了一本奥修的书给我，Signatures on Water，一本印刷得非常精美的短诗集，每一首诗都有一张透明的纸隔着，那张透明的纸上印着树或者花的照片，一些关于如何生活、如何安静自己的心、如何从现代生活的欲望里逃出来的小诗，有着哲学意味的。它们可以从新绿的，留着闪光露珠的叶子里透出来。

刚刚看的时候，觉得好极了。

那样的短诗有点让人想到泰戈尔。印度人写这样美好的小诗天下无敌，他们穿着大白布袍子，浑身都是寺庙里的熏香，盘腿坐在绿得透明的菩提树下，好像就是为了写这样的诗而生的。

想到二十年以前买的泰戈尔的小诗，是用薄而泛黄的纸印的，不几年就有了黄色的水渍点点。要是那些小诗也有这样的印刷，会给那时年轻旖旎的心思多少甘美呢。

心里为泰戈尔抱屈。

后来，一张一张看下去，觉得奥修的书太美了。那些引导人们去获得质朴生活和心灵的诗，放在这样的印刷里，太甜腻了。

这时候，再想那简单到简陋的泰戈尔，觉得他越发好。那种朴素，使得超然生活的希望，变得甘美。

甘美和甜腻，真的是两种东西啊，其实其中的一个，只是过头了一点点。

也许太经营了，再好的东西也会坏。

流动的圣节

夏天到了,对我来说,就是旅行的季节到了。

十六岁的夏天,我和两个朋友,经过了半年的努力向父母争取到了独自旅行的权利,拿了母亲的银行存折到银行去拿我第一批旅行费用,三百元,七十年代的三百元是个奢侈的数字。

我生命中第一列夏天旅行的火车轰轰开动的时刻,我记得月台上的三个母亲越来越小的身影,像山坡上的树一样渐渐退去了。那第一列火车,是老式的柴油机车,冒出了雄壮的黑烟。

从那时开始,每年夏天,我总是盼望有旅行的计划。夏天的短裤和短裙,夏天的阳光在头发上留下的喷香气味,在夏天邂逅的人与事,在夏天里异地格外蓝的天空和离开了生活轨道的自由如鸟的心情。夏天,夏天,夏天是一个我生命中流动的圣节。

在秋天到来的时候，自由了一季的心会想回家，想念居家的平静日子，想回到都市来拼命地工作，这是为了用三季勤劳辛苦的工作，去换得一季自由欢快的节日。

6月的傍晚，在本子上做着旅行计划的时候，是用一支绿色的马克笔在7月、8月和9月的日历上画，夏初的凉风吹起了手臂上的汗毛，微微地痒，这时想起了自杀的女孩，心里感慨她永不能够再有这样美好的傍晚。

笔会

和一些上海的文学评论者在一起开会。召开会的人筹到一笔钱，把会议放在莫干山深处的一个山庄里，大会议室外面，就是深山中的一汪小湖，秀丽得很。讨论的题目，是知识分子和市民社会。坐在那里，想起来的是好多年以前，上大学时看到的书，是欧洲一位知识分子说的，是谁说的我忘记了，他说知识分子是社会这头大牛身上的牛虻，一直叮大牛，迫使大牛警醒，并向前。而毛泽东说，知识分子是牛皮上的毛，要是没有牛皮，也就无所谓牛毛。

会上的人在讨论，现在的我们，我们这些知识分子，对市民社会，应该进入还是反对。说到"知识分子"这几个字的时候，好像没有人是理直气壮的，多少有些游移。不知道是不确定自己到底是不是知识分子呢，还是不好意思属于这个在中国凋零的阶级，或者是羞于属于现在正在泥沙俱下的阶级。

我不是文学评论者,我是写作者,所以只是看着他们,听着他们,在觉得不好听的时候,就看大玻璃墙外面的湖光山色。这是个冬天,山里没有游人,我们住在度假村里,看着冬天的湖岸,由于少水,湖岸露出了浅棕色的石头。湖面静得真像蓝色的玻璃,山里的竹子还是绿色的,苍苍翠翠,像一个陷入了恋爱的人的脸。看着它们,听着他们说,心里觉得这伙人都是奢侈的,面向着湖水,有人喝茶有人喝咖啡,讨论自己到底在一个什么社会位置上,而几百公里以外的上海,正在热火朝天地进行着资本原始积累。

股市里正在一日千金。

女孩子正在为了富裕而美好的生活为自己的青春报出价钱。

中产阶级正在成形,有人带着跳水前振奋的神情对朋友大喝:"不要再想了,赶快挣钱,要不然,等中产阶级形成了,你和你的后代就永远被排除在外了!"

这里,还像许多年前一样,找到了一些钱,大家在一起舒服地开笔会,就是玄思和玄谈。

沿着桌子看过去,每一只握着茶杯的手,都是细细白白的，知识分子的手，这样的手，无产阶级不要看，资产阶级大概也不要看。

在会上，他们说现在有的文章，写出来真的只有几个人看，在一起互相取暖。这让我想起一本书上的著名比喻，书上说知识分子在一起，就像是一些刺猬冬天的时候在一起取暖，不能近也不能远，近了会彼此扎痛了，远了又太冷。

真是尴尬。

也许是他们想得太多了？

或者是他们太聪明了？

这时候，我看到了一张脸，一张非常阴郁的脸，很黑的头发，很黑的眼睛。

几年前，我去参加过一个追悼会，死者是一个和他们一样的青年文学评论者胡河清。他自杀了。死的时候，他是我母校中文系的老师，老同学们打电话来，我就去参加他的追悼会，不知道为什么，原先只有点头之交的我，还是被他的自杀震动了。

在尸床上，那个高大的人，他的脸上也有一样的阴郁，连死亡，都没有能够让它消失。就是那样的表情，我在反映着湖光的这张脸上，又看到了。

我看着他，我想，他什么地方非常像胡河清啊。

那次追悼会上，看到了许多好久不见的朋友和同学。

围着他的尸床的，全是黑发人。更年轻的，是他曾教过的学生，一队队的，用手背擦着眼睛。还有就是我们这样的同学、同行。

我看到有一个作家一直大哭着给他叩首，不能自已。可是他和我一样并不是胡的熟朋友。

还有一个大学中文系的老师，是我的大学同学，也不是胡的熟朋友，悲伤地摇晃着身体，泪流满面地对着胡的遗容摇头。

还有像我这样的，从来没有在他生前和他说过话，甚至也没看过他写的文章，看着他至死不能抹去的阴郁，在眼泪落下的时候，已头痛欲裂。

那天阳光灿烂，静默着流泪的时候，听到隔壁的人，在哭着唱着，说着死者对孩子和家庭生前的好处。响亮可是不伤痛的声音，在我们的头顶上荡漾。

我从自己出发想开去，我们那时候的悲痛，比胡河清的死要大许多，也许他的死是一把刀子，划开了每个人心里久久在发炎的地方，每个人心里的脓与血水滚滚而出。

最后，胡河清被推走的时候，跟随尸床而去的是他的朋友，几个戴着眼镜的男子，也有着细而白的手指，他们为他扶棺。

会上的人，有谁说到了，我们生错了时代，这是一个电子的时代，一个声色的时代，不是印刷的时代。我们的路会越来越窄，一直到无路可走，而在这个过程中，我们的精神创造力也会越来越低。

那是黄昏时分了，山庄正好停了电，每个人的脸都隐现在外面湖水的反光里。我看到了一种追悼的表情。

那时候，我看着那个年轻人，他是一个大学老师，就像胡河清一样；他写文学评论，也像胡河清一样；他是经济时代的读书人，在什么都涨价的时候，他们写的心血文章还是像五十年代一样，十八元一千字，而五十年代的时候，三分钱一斤鸡毛菜，现在要一元五角钱一斤，而胡河清也是；他们在年少的时候，中国全民都关心着文学，那时候，毛泽东说过，小说可以反党。和文学在一起的人，好像是最重要也是最危险的人，充满了诱惑。可当他们怀着理想走到这个队伍里的时候，时代不同了，小说再也不能反党，人家对他们说的是"百无一用是书生"。

他的阴郁是从这里来的?那么,他将向何处去?

我看着那个人,我想要认识他,他像一本书,有关许多我有兴趣的问题。

这时候,电来了,外面的湖和山,霎时暗了下来。大家的脸上都不由自主地笑,我看到他的门牙上有一个大大的蛀牙洞。

回家

这一个夏天我走得真远。背起背囊走向欧洲航班的那个清晨,突然想起第一次出门旅行的情景:在上海的北站,妈妈来送我,如今已隔了整整十七年的光阴。每一次走向火车或者轮船或者汽车或者飞机的时候,那种心如鸟群、一散漫天的感觉,仍旧完好地保留着。

在清晨的柏林街头,我背着背囊,提着一串硕大的香蕉,看到去年见过的开着花的芙利达树如今绿叶如织,又看到将长发束在脑后一飘一飘走在街上的年轻人。柏林是我心爱的城市,走在街上我忍不住微笑起来,此时的感觉,就像薄薄的衬衫在大盆清水里舒展漂荡着一样。

在法国的中部,在下着雨的田野和公路边上,嚼着一块质量不好的法国糖,在小酒馆里喝热咖啡,糖渣在牙齿里硬硬地粘住,像又长出一颗新的牙齿。小酒馆的走廊里暗暗的，放着一个巴尔扎克时代的柜子，棕色的，有着古老的花纹。法国式的热咖啡的气味，法国羊角小面包暖烘烘的香气，以及外面发黑的木栅栏，碧绿的草坡和秀气的树林。我站在那暗暗的酒馆的走廊里，想着艺术、浪漫、自由和爱情这些古老字眼的含义，想着也许有一天，租一间坡上的房子，邻着一间烤小面包的小酒馆，每天可以到那里去写作，用中国的绿格子稿纸写一本书。

在西班牙中西部的萨拉曼卡，裹在激动的西班牙人群里看一群斗牛士怎样捉弄一头孤独的牛，牛有着又圆又大的眼睛，它不停地越过斗牛士的红袍跑向入口处，我知道它想回家去。在马德里狂欢的星期六夜晚，西班牙女孩拉我站在街角拿着虾和葡萄酒看满街的男人，因为她想知道一个东方女人对男人的审美观。高大的男人在喝酒，黑头发绿眼珠的男人在弹吉他，金发的矮胖男人随着音乐在扭动身体，这是我第一次在街上欣赏夜晚的男人，感觉不错但心得并不多。这时候西班牙女孩在旁边倒抽一口冷气："哦，多么伟大！"她瞪大眼睛看着街角，"这是无与伦比的男人啊！他脸上有着猛兽的神情！"我转过头去看，一个棕色皮肤的男人坐在露天的桌边，虎视眈眈地喝着一大杯鲜胡萝卜汁。

在葡萄牙的坡托，早晨跑进旅行者资料中心去索要地图，旅游中心的小姐笑眯眯地看着我说："今天是葡萄牙的旅游者日，我们准备了礼物给每个今天进资料中心的旅游者。"那是一枝长长的红红的含苞的玫瑰，葡萄牙的红玫瑰。中午，在山顶上的教堂外，我失手摔坏了照相机，它毫无预兆地一落，砰地落在十五世纪的大砖地板上，自动系统停止工作。晚上回到营地，两个坐在黑了灯的车里的法国小伙子，向我说了一会porto的酒吧音乐和历史悠久的葡萄牙雪利酒，并特意送一支卷着兴奋剂的香烟给我，还在黑暗中郑重地声明："不会上瘾的，只是很放松而已。"我步步为营退进帐篷，拉上双层的拉链，再拉好睡袋的拉链，像一条青虫一样蜷缩着身子，再怯怯地想：抽，还是不抽？

在俄罗斯的圣彼得堡，大雪落在"凶杀地"礼拜堂时，穿着夏天的球鞋把雪踩得沙沙地响，去看1703年的街道，涅瓦大街和冬宫，看到那著名的冬宫拱门，想起来的，是电影里的列宁，将手指插在背心里，领导着俄国的革命。圣彼得堡是我心爱的城市之一，在那里，许多个时刻，会突然明白了自己一点，多年之前的事和人，多年之前的书和电影，会突然从重重叠叠的往事里站起来。

在 8 月中旬的北京，放下脏脏的行李，到一家小饭馆去吃一顿最地道的中国餐，凉拌豆腐皮、大白菜丸子砂锅和炒青菜，大碗的米饭，柔软地粘在一起，真正的喷香。坐在木头桌子旁边，听着满耳的北京话，突然想起了自己家的床，白白的床单，用得软软旧旧的被套，那才是属于我自己的床。回头看看，旅行的日子里有那么多新鲜的事情发生，只是失掉了属于我自己的旧被套和可以睡得很熟的屋角的床。

在 11 月中旬的上海，那个因为时差的关系不能入睡的深夜，听着静夜里细小的声音，夜归的自行车车轮轧在街道上，我用嘴唇轻轻地夹住被套，不错，软软的旧旧的纤维松弛了的被套，那是我的。

那时候想起了十七年前的秋天，也是回家，也是躺回到自己的床上，很深、很深地吐出一口气来，整个人像放了气的气球，软软地软软地落在地上，身上落满了天空的微尘。

自述

一

我没有上小学的时候,跟随父母和两个哥哥,从北京搬来上海。我父亲是延安抗大出身的学生,我母亲是一个从伪满洲国的富裕家庭跟姐姐出来革命的女学生。从北京搬来上海,我家庭中红色但并非来自乡村的背景,使得我的家庭对上海有种束之高阁的清高。加上我小时候朋友很少,所以我对上海的市井生活一直是隔膜的。回想我在上海的生活,总有种浮在水面上的油的感受。我对城市是熟悉的,但我对他的后街生活是陌生的。但这并不意味着我与北京,我的出生地有多少亲近,十六岁时的暑假我第一次回到北京,发现北京对于我来说,也是隔膜的。在我的心里,始终有种漂流的感觉,没有过真正的对地域的认同,没有归属感。三十二岁时我第一次到欧洲旅行，在德国、法国和奥地利，处处看到上海的影子，处处想起在上海的生活，这是我第一次睁开眼睛看我的文化背景，第一次意识到在我成长的过程中，上海作为我成长的城市，起到的潜移默化的作用。第一次发现我与上海之间的某种联系。对上海的兴趣，开始于对自己的探索。在居住了三十多年以后，我这才对上海产生了兴趣和感情，或者说，我这才发现它对我精神上的意义。这种精神上的关联并不是归属感，但它比寄居者与一个城市的关系要复杂和深切，类似人与衣服之间的那种既依赖又挣脱的关系。在此以前，我还没有经历过这样错综的感情，于是我开始写我的上海系列。(非常戏剧性的，上海随着经济起飞而一跃成为引人注目的地方。我对自己的探索也被人不由分说地称为对时髦的探索。)

我是一个城市人，赞同抽水马桶是二十世纪最伟大的发明，烦闷的时候会想到去闹市的百货大厦买东西，构思小说的时候愿意去一家温暖明亮的咖啡馆坐着，在邻座的谈话声中想自己的事，最感到自在。真的在天地间静听天籁的时候，我的耳朵其实因为不适而嗡嗡作响，在自然中独处时因为巨大的空寂，我一直为自己唱歌。想到城市的边缘就有飞机场、铁路和公路网，非常方便离开或者回来，心里会感觉安全。让我感到乡愁的，是秋天的明月透过行道树和公寓的窗格，明亮地铺满了窗前的地板的情形。我对泥土非常陌生，在郊外买房子，在自己的院子里种东西，陶渊明式的趣味，不是我的向往。我更喜欢住在寂静街区里的公寓里，在花盆里种一棵容易活又不生虫的樟树，就满足了。我认同城市工业化的非牧歌生活，享受上海这样一个文化混杂、人群混杂、食物混杂、建筑风格混杂的殖民城市所呈现出来的奇特丰富性，喜爱移民和殖民带来的拼贴式的生活方式，它们有时让我想起了悖论。站在从二十世纪到二十一世纪的摩天楼强劲的穿堂风里看大千世界，带着点卡夫卡甲虫的渺小，这应该就是我的立场。

作为一个人，我已经是一个定了型的城市人；作为一个作家，我只能将我的城市写好，不能做一个田园诗人；作为一个上海人，我庆幸自己生活在一个足够丰富和斑驳的地方，从这个城市里，我得到了成为作家所需要的足够刺激。至今，我可以说自己同情上海，但还不能说我爱上海，但我已知道，自己很感激它，它让我不以单纯的境界为满足。

二

上海是一个多元的城市，不同的人，来自不同的地方，对上海自然有着不同的感受。不同的人的感受，常常彼此矛盾，对立，互相不能认同，这在我看来，是自然的事。上海的这种包容性是我喜欢的，它给了不同的声音很大的自由。不同的人写了不同的上海，没什么可奇怪的。我想，每个人笔下的上海，所反映的，是这个人背景前的上海。所谓城市，多少都有消费主义的痕迹在，伴随着消费主义带来的虚荣、势利和见异思迁的态度，你也不能说，有的人这样写，就不是上海。我想更准确的说法是，那是他们感受到的一部分上海，由他们的立场和背景决定的。

上海这个城市在中国是个异数，像在一个保守困顿又内忧外患的家庭里，有个孩子却每天努力地着奇装异服，他的引人注目又不受欢迎，都可以想见。大家看他的第一眼，就带着不快，从他的奇装异服去设想他的男盗女娼，从他突兀的样子揣测他身心的古怪。每个人站在自己的背景前对上海振振有词的误会以及对他人眼中上海的指摘，也是层出不穷。

对于复杂的上海,以及对上海描述的复杂,我想,也许学一点上海这个城市对自己在别人眼里的形象的满不在乎,是需要的。站在上海闹市的街头一下午,就能想起小时候,在小和尚念经的蒙昧阶段就背过的老话:世界之大,无奇不有。

我对别人笔下的上海没有意见,我自己笔下的上海,是为了挖掘这个城市的精神,我认为,这是这个城市最容易被遮蔽,也最有价值的一部分。在它的混乱,嘈杂,时髦,欲望,梦想,失败,迷失,奋斗,林林总总之下,有一种恒定的、宽广的、痛苦的、公允的东西存在,我想那就是我要寻找和表现的这座沧海桑田的东方城市的精神。我在找的是它们,我向那个方向去。要向这个方向去,必须要翻检辽阔而纷杂的城市记忆,要去追溯这个城市的童年,用一点弗洛伊德对人用的方法,也许这会被人认为是怀旧。在这个过程中,一定会走错路,会有这样或者那样的错误发生,但我知道,我会按照自己的方向走下去。

1982年时,我翻译了E.B.White的幻想小说《斯图亚特·利特尔》,小说的最后一节,是"向北方",斯图亚特开着他的小车，向辽阔的北方去，他并不知道北方是否真的有他要找的小鸟爱人，但他觉得那个方向是对的。有时我想起自己在非常年轻的时候翻译过的小说的最后一节，我觉得自己也像小老鼠斯图亚特那样，虽然不明确，但心里觉得自己的方向是对的，于是就走过去。

三

我是在一个国门禁闭的时代成长起来的人，所以对个人自由地去想去的地方，读想读的书，看想看到的电影，听想听到的音乐，非常介意。对自己的国家归入世界，非常介意。我上大学的时代，正是思想解放的时代，解放和自由，对我有着圣经般的含义。所以，当我有机会的时候，我就要一走万里。

旅行的经历在我的生活中慢慢堆积起来，我看到了大千世界的不同，人的不同，人心的不同和相通，我接受不同，但深知人心可以相通，而且在不相同的人群之间，都可以找到普世的文明基础，作为共同的准则。在欧洲和美洲的十三年间断旅行中，我常常能想起那些著名的童话作品，我真的庆幸自己的学士论文是安徒生和格林以后的童话，那些童话中描述的人类理想，是真挚斯文和优美的，它们是全人类的，超越了民族。它们让我更倾向于，人类可以建立自己的普世文明标准。这是多年旅行的过程中，我最为确定的收获。我这个经历简单的人，都是在旅行中成熟起来的。如今我不是一个眼界狭窄的人，愿意打开心扉，对不同保持兴趣，我想，这是旅行带给我的成熟。

　　要是没有去欧洲旅行，我想我不会对上海产生兴趣。欧洲使我有过一次身份认同的危机，这次危机引导我对上海的探索，然后，是对上海故事的写作。通过那些书的写作，我发现了整个上海对身份认同的危机。这种危机从上海成为城市的那一天就开始了，它与它真正的姐妹城市一样，比其他单一文化的城市更早，被身份认同的危机困扰，诸如孟买、香港、槟城、西贡，那都是些被混过血的城市。那种特殊历史遗留下来，而且一直强壮地生存着的东西，对我来说有着极大的吸引力。人要通过镜子才能认识自己，每个人都有属于自己的时刻、自己的镜子和自己的面貌。对我来说，认识上海，是透过欧洲这面镜子。听上去，这是如此偶然的发生，如此容易就会被错过。有时我想，我要是没有一次次去欧洲的旅行，在那里的痛苦、快乐和时刻都会发生的患得患失以及无法停止的追问，我对上海一定还是懵懂的，宛如1989年，我写《谁是上海人》的时候，带着幼年时从北京迁移过来时就带来的文化上的沙文主义。一个作家常常会与一个地方有非常密切的联系，那个地方会不断地出现在他的笔下，成为他认识、探索和表达世界的重要工具。就像一些画家有他们终生的模特一样。一去万里的旅行，让我找到了自己的模特：它不是一个理想主义化的地方，日本人喜欢称它为"魔都"，而对于我，它是一个充满意义和意象的存在。

在我开始旅行的时候，常常为的真是一时之快，只是想要看到欧洲的山水，想要吃德国冷牛肉丸子，想要再看看柏林东区的老教堂，没有想到竟会得到这样大的一份礼物，可以让我花费十年的时间。而且如今回头去看，并无悔意。

要是我没有在欧洲认识上海，也许我也不会意识到欧洲，是我的精神故乡。1994年，我和丈夫在俄罗斯旅行后，发表了我们的旅行日记，日记的名字就是《精神故乡》。我们这代人，将俄罗斯称为自己的精神故乡，似乎没有太大的障碍，因为俄罗斯知识分子的民粹主义传统，反而有某种光荣感，至少是可以得到理解。那本书的序言，我们请了在大学时代教授我们俄苏文学史的王智量教授写。当时他教授俄苏文学史时，正是他右派平反之后不久，他给77级的同学们声情并茂的讲授，建立了我心目中的一个偶像。书是出版了，但我觉得我自己的精神故乡比一个白雪皑皑的俄罗斯要广大得多，它包括了法国的小说和油画以及雕塑，德国的音乐和教堂、诗歌和建筑以及墓地，土耳其人的小饭馆，英国的小说和散文以及音乐和戏剧，奥地利的音乐和工艺美术还有咖啡馆和葡萄酒，西班牙的建筑和速写以及油画，小旅店墙上席勒带着色情意味的画，区间火车那红色的铁皮车厢，还有钟声荡漾的天主教堂，渐渐成为带着乡愁般的记忆，滋润我的精神。到2000年，我写旅行的散文书时，我知道了自己的精神故乡是在欧洲。那时，我为那套散文书起了统一的名字：喜欢别人东西的滋味。这是矛盾的感情，对精神故乡的归宿感，仍然不能确定，对身份认同的危机，仍然没有消失。

在东西方的旅行看上去是来来去去，但其实却是条不归路，引我走向如今的人生，成为如今这样的人。人生在继续，所以它的意义也在显现的过程之中，现在评论它，似乎还太早。但那些旅行真的是许多与我人生有关的重大决定以及确立某些价值观的发端,像铁轨上的道岔。我第一个到达的欧洲城市是慕尼黑,十年以后,2002年5月,我再次回到慕尼黑,回到我住过的那个区域,度过一个晚上。每个区域都有它自己独特的气味和声音,那个区域带着庄严的静,和加了柠檬香精的洗涤剂在清新夜气中的气味,还有隐约的凄惘,当年从达豪死亡营走向行刑森林的犹太人,就曾路过这里。当年我在这里倾听着精神世界的地震声响,当年我在这里翻看着从十六世纪到二十世纪《爱丽丝漫游奇境》的插图集锦,看着爱丽丝的脸在世纪交替中变化,从维多利亚时代神经质的表情到列侬时代的嬉皮气。十年以后,我在那里回首从前,感受着在我个人的宁静历史中的沧海桑田。就我现在的感受,我庆幸自己有这样走向世界的机会。

奢侈的感觉

国际电影节开始了，拿到了不少票，有一天在安福路从上午八点三刻开始看第一场，然后到影城去看十点三刻的第二场，再继续看一点三刻的第三场，中间休息一下，杀到和平电影院去看六点的第四场。

看了不少欧洲电影，是因为中国没有买下电影版权，所以电影节一过，就再也看不到了。还有一个原因，是把好多电影放在一起以后，就发现真正好看的，还是欧洲的电影，它们有一种其他地方的电影所没有的奢侈感。就是最豪华的美国片，你都可以在里面看到对票房的渴望，可以在里面闻到钱的气味。

可欧洲的电影不同。

他们会有真正是为了趣味而制作的电影，为少数人的趣味做电影，有点自得其乐的性质。

我看了一部奥地利电影，拍得很美，说的故事，是个只有作家可以看得懂，也有兴趣看，而且有共鸣的故事：作家和他创作的小说人物之间，到底是人物发展左右小说，还是作家自己的主题左右小说。这个再专业不过的主题，我想不会有票房的。可是他们拍出来了。

要是想好了要靠电影挣钱的话，要是对电影的投资是要回收的话，这样的电影永远不能出来。所以，只有欧洲那样老贵族的地方，会有这样奢侈的电影，他们用钱不是为了更多的钱，只是为了趣味。我想，这就是奢侈。

风花

"风花"(Wind Flowers),是一支歌。歌里说,我的爸爸从前警告过我,不要去靠近风花,那种古老的风花,一旦靠近了就会离不开它,就会去时时地追逐它,使自己痛苦。但是我没有听话。现在,我已经再也离不开它。

听到那支歌,是在一个阳光灿烂的寒冷的冬天,临近新年的时候。那时在外滩的电台办公室里,望着对面世纪初高大的欧陆旧大厦,心里像起了雾一样,穿行着无数往事。

从前,我曾是个渴望着有不朽爱情的人。

再从前,我曾是个渴望着有惊心动魄的故事发生在我身上的人。

更从前,我曾是个渴望着看世界的人。

在我的心里,是不是也有一些叫 Wind Flowers 的花朵在无风的心底里微微摇曳呢?有吗?

很早的从前,大人就告诫我,离幻想要远一点,说幻想就像一块冰,看着晶莹,碰上去会让你一直冷到心里。

然而,心里的古老的风花还是摇曳着摇曳着,所以我总是情不自禁。

因为在幻想的时候,世界变得十全十美,一颗心像天马行空一样,穿行于所有的生活之上,飞翔,流转,芬芳,就像真正的风花一样。

怎么能放弃那种快乐,在这一段人生之中?

华亭路街角的书店

五岁的时候,我随父母从北京搬到上海住,那一年,我开始认识字了,母亲告诉我,当晚上我们下了火车,看到车站上的霓虹大字,我说:"上海。"分辨出了"上"和"海"的不同。那一年,我认识了离我家不远的一家新华书店,在淮海中路上,挨着一家小百货店和一家日用品店,我在那家书店里,买了属于我的第一本书,漫画书《二娃子》。为二娃子的倒霉和不幸,曾悲愤得大哭。

五岁时的书店,在我的回忆里,有着一些幽暗,玻璃矮柜台里陈列着一些书,书的封面,有一些卷了角。店员很高大,隔着柜台伸过脸来问"小朋友买点什么?"的时候,露出大而深的鼻孔。

八岁的时候,"文化大革命"开始,在华亭路口烧了一堆大火,让居民把自家的"四旧"搬出来烧,小孩子就四处乱窜着看热闹。街上锣鼓喧天,淮海路的墙上贴满了大字报和漫画,书店的橱窗里挂着很大的毛泽东侧面像,金色的,像印在人民币上的那一种,红色皱纸被小心地卷着,从宝像向四面伸开,象征着光芒在四射。去到书店里,迎面就有一个特地做起来的红宝书台,上面陈列着《毛泽东选集》、"老三篇"和不同版本的《毛主席语录》,还有《毛主席诗词》。整个幽暗清静的书店,突然变得红彤彤、暖洋洋的。毛泽东的画像高高地挂了一排,在它们下面,所有的柜台里,全都是红书。

十五岁的时候,是我一生中最渴望读书的时候,真的太渴望了,于是到书店里去买一本《赤脚医生手册》来读。那是当时书店里能找到的最好看的书了,在唯一的《金光大道》已经差不多能背出来了以后。书店里的柜台上,会大方地陈列一整排《金光大道》,喜洋洋傻乎乎地站着。《赤脚医生手册》真是当时一本十分好看的书,对各种各样惊心动魄的病痛,有着精确的描绘。

二十岁的时候,新华书店外一夜之间排起了长龙,"文革"结束以后,北京的人民文学出版社开始重新出版世界名著,十几年前,在书店外的火堆中把家里的藏书统统烧光的人们,以饥饿的样子,排队将新版书再买回家去。我就在那样的队伍里。排队的人慢慢在店外蠕动着。许多事情在复苏之中,可以重新考大学了,所有的考生都会记得一套用于复习考试的"青年自学丛书",我的那一套,也是在家门前的小书店里买来的。那时我已长高长大,可以与矮小的店员平视,而再不会只注意到他巨大的鼻孔。我看到他赞许的样子,他们喜欢来买书的人,他们温和地对待我们,在把书递给我们之前,用手掌利落地抹一下封面上的浮尘,他们大都戴着蓝布袖套,有着诚恳和自豪的神情。那是个全民渴望知识的年代,书店里充满了书香,虽然是木头柜台,平装书,常常有一角九分钱的书价,店堂里终日亮着呆板的日光灯,但一切都不能影响它淡淡的书香。

二十八岁的时候,我出版了第一本书,五万字的一册薄书,天蓝色的封面,窄小的开本。我特地到书店里去看。看那本天蓝色的小书站在《二娃子》从前站过的木板柜台上。我一定站了好久,在自己的书前面,店员过来问我想买什么,把我吓走了。我很怕他认出来我是那本书的作者,书上有一张印得很模糊的作者像。我张皇地离开店堂,向家走去,隔着玻璃橱窗,我还能看到里面木头柜台上的一小块天蓝色,那是我的。

三十岁的时候,从小陪伴我长大的书店,消失在一座扩建的大商厦里,它是上海最昂贵的商厦之一,卖外国名牌,除了外国书。商厦里有大理石的地面,明亮柔和的灯光,穿黑色制服的售货小姐,这里完全不是我的书店了,它消失了。

读书的姿势

那一天,我走进咖啡馆去等人,德国南部的春天的下午,大家都愿意坐在外面晒太阳,空气里有着花香和咖啡香,还有从阿尔卑斯山吹来的硬朗的空气。

在绿叶子的菩提树下,我看到有人在读书,嘴里像鸟一样,横叼着一根绿色的铅笔。他浑身软软地陷在椅子里,脖子往前伸着,含着胸,一手盖在书页上,准备好翻页,另一只手收在蜷起的身体上。

整个人,就好像只剩下眼睛在灵活地闪动着,其他部分都已经静止了。眼睛里闪烁着机智和专心,这两样东西加在一起,就沉迷。

我没有想到全世界人的阅读的姿势,竟会是一样的。在大学里,在图书馆里,在我们空气浑浊、浮尘飞舞的文科教室里,在走廊里堆满陈年旧纸箱子和废弃不用的小孩推车的拥挤的住家里，在稿子把旧写字桌压得歪歪斜斜、窗上的百叶窗帘上积满隔年灰尘的杂志编辑部里，读书的人用同样的姿势阅读着，要是他真的下沉到了面前的那本书里去了的话。

整个身体全都软软地消失了，只有眼睛飞快地闪烁移动着，周围的一切像雾中的高楼一样隐退下去，肺小心翼翼地起伏着，它甚至都不需要太多的空气，身体在书的沼泽地里沉下去了，蜷缩起来了，绝大部分肌肉都放松下来。

所以阅读多的人，常常走起路来，脖子也往前倾着，肩膀也含着。

这当然也是一种享受。

有一天，在办公室的午后，突然听到有人叫我。那是刚来编辑部工作的新同事，大学刚毕业，老是为了稿子跟领导争执，将一张脸涨得血红的，激愤得要哭。他是在社会适应期里挣扎的时候。

他站在门边的暗处，年轻的脸涨得血红，连额头都红了。

他说："你刚刚看书看迷了。"

也许是的，像从梦里被人叫醒一样，我还有点蒙眬。

他说："我一看你那么舒服的样子，"他说着学了一下缩在椅子里的样子,"就知道你掉到书里去了。"

过了好几年,他成熟了、安静了、坚强了,才告诉我说,那个下午他看到办公室里有人用他那样熟悉的姿势阅读,对他是一个巨大的安慰:他找到了和自己相同的人。

法拉奇

我看《风云人物采访录》，一本法拉奇写的书。那本书已经买了好多年了，好像也看了好多遍，可是，我读的书常常会被层层叠叠的生活中的人和事，新的书和新的电影压住，猛地一想，我想不起这本书里写的是什么了。有时候这话我不敢说，好像认认真真的读书人不该把读到的好书都给忘记了，可是我真的忘记了。所以我到书架前头找书看的时候，又把它给拿了出来。

我一直敬佩法拉奇，这个女记者。我想我喜欢当那样的女记者，背着一架照相机，采访和分析世界上重大的事件，探讨伟人的灵魂。人类的历史，就那样在她的手指间流淌过去。我好像喜欢做看上去重大的事情，曾经有过一个阶段，我那么想做一个采访重大问题的女记者。在从前我工作的儿童杂志社里，我像一只竖着耳朵的狗一样，期待着重大而有意义的事件在我可以去的地方产生。我去采访前往南京大屠杀遗址的日本侵华老兵,去采访杨振宁博士,去采访从老山前线回来的战地记者,去采访第一支黄河漂流队,我看到了朗保洛,那是个粗大黝黑的男人,不到几个月,他就死在探险的途中。

第一次读法拉奇的书,好像就是在那时候。那时候我很年轻,心里的激情熊熊地燃烧着,随时可以点燃起来。那时候,我总是希望很快地爆发大战,这样,我就可以去做战地记者。我有时在心里喊着:快一点吧,快一点吧,不然我就老了。

大战从来就没有在我的生活中爆发过。

我书架上的法拉奇的书都泛黄了。

然后我又开始写比较长的人物访问记,我想用肖像画的方式来描写大时代里的知识分子,我想那样做,而且那时候我忽然想到的,是法拉奇在采访一个中东国王的时候,对那个暴君的一声大喝。她从来没有想到要歌颂一个人,而是要把这个人描绘出来,把他隐藏在深处的灵魂抓出来。

描绘一个人的灵魂成了我非常喜欢做的事。

我去采访,常把人约在我家周围的一个咖啡馆,在凉了的咖啡和响亮的音乐中，谈我们面对的人生。我还是不能像法拉奇那样对她的采访对象大喝一声，或者把他作为自己的情人来生死与共，她是敢作敢为的意大利人，而我是温和而聪明的中国人，小小心心地拨开语言的迷阵，走到一个陌生人的心里去。

谈话常常是需要八到十个小时，以后，大家都可以敞开心灵。我喜欢那样的时刻，守着因为变凉而浮在了咖啡表面的白色的奶沫的杯子，那时采访的对象，目光变得温柔而苍茫，他在那时也在回首自己的一生了。他让我和他一起走，去看他的一生，伤口和奖章。

这次重读法拉奇，我心里仍旧敬佩她和她所经历的人生，但我的心里没有了喊声，我从书页里淡淡地赞赏地遥望她。一个记者在写作采访记的时候，就像地主秋天时收粮食，孩子把写着100分的考卷拿给父母看，那是一个炫耀的过程，像斗牛士把自己割下来的黑牛耳朵举起来给大家看。

我的心啊，它不再说："快啊，快啊，来不及了。"它知道，我在这一生已经来不及了。我躺在床上，读着法拉奇的采访记。

她影响了我很多。她使我一直都对真实人生的挖掘和表现有出自内心的兴趣。她使我一直都对事实怀着兴趣。那是真实地发生着的,流动着的,擦肩而过以后就再也不能重现而且格外宝贵的,再现一个真实,应该是最不容易的。

冬天的阴郁

上海的冬天常常是这样的阴沉，连着阴天，一切都是灰色的，又冷又湿的。这是北方人最害怕的天气。有时候，下午两点以后就在天地之间渗出灰色的雾气，一点一点，远处的楼看不见了，没有了叶子的高大梧桐树顶上挂着的悬铃也看不清了，街道上全是灰色的，非常阴冷，可是非常地温柔，处在那样的天气里，就像一个人处在失恋的时候。有时候，我想，我要有一个关于上海的爱情故事，用这样的天气做背景，这是一种非常阴郁的浪漫，合适一个爱情故事。

这样阴沉的街道上，老房子墙上的黄色斑斑驳驳，落满了雨痕的窗子后面有黄色的灯，由于电力不足，灯光有些发红。

冰凉的手指，冰凉的嘴唇，在约会的街角，冻得发抖地站在大衣里。

咖啡店里的暖气和咖啡香。

老弄堂里的亭子间,颓废的长发。

一个上大学的女孩子在寒假里对老师浪漫的爱情,老师太穷了,也太不合时宜了,他承受不了女孩子的爱情。

人民公园的大梧桐树下冰凉的绿色长椅,长长的林荫道上,看不到尽头,被灰黄色的冬雾掩盖住了。

场景就这样浮现出来,像极地的冰川一样沉浮漂移不定。那就是一个幻想的世界。

一枚蛋黄

将新鲜鸡蛋挖开一个小口,防止蛋黄流出。慢慢倾倒,直到蛋白完全倒出。然后将蛋壳敲碎,将蛋黄放入干净小碗中。

上海女子的自由

女子生活在上海,其实在如何为人、如何生活的选择上,有很大的回旋余地。她们比一般反英雄主义的上海男子,更能进退从容。

上海这地方,到处是机会,也许跌一跤能拾到一个金元宝,然而也到处是陷阱,说不定在下一分钟就会一失足成千古恨。那些一步登天或者一蹶不振的故事,从来就没有停止过。上海这个地方,天堂和地狱真的是门对门。这两扇门都大敞着,而每个人其实都是在门与门之间玩摸瞎子游戏。

所以,要是看到一个女子一身简约的办公室裙装,迈着东方女子细碎而急促的步子,走在虹桥办公区的大道上,看到她的眼神明亮得像要伸出一双手来紧抓住什么,将它占为己有,应该不会特别欣赏或者排斥,因为这样兴致勃勃扑向远大前程的年轻女子,实在太多。然而,要是在转眼之间,在顶顶鲜超市里就看到一个面色浮白、后脑勺的头发全是被枕头压扁了的女子，一脸孔的黄气，失意而怨怼地在过期减价菜的大箩子里挑拣，也不会特别同情或者鄙视，运气也像做股票，有人赢就一定会有人输，失意也是自然，甚至还有着现实主义的亲切。

在徐家汇入夜映红天际的霓虹下住着已经八九十岁的天主教修女，她们从年轻时起，就遗世地住在幽闭的房子里静修，她们有自己的礼拜堂、自己的神学图书馆，她们自己种花奉献在神坛前，甚至她们以这样的生活方式度过了1966年的红卫兵狂飙的夏秋。路过那房子的人们，只能听到她们晨昏唱诗的风琴声，看到她们洗干净的浅色寻常的衣衫，在失修的红百叶窗外滴着水。

而在边上的弄堂口，一个寻常的修皮鞋摊上，常常围着花枝招展的女子，她们穿着当今的时髦而廉价的衣裙，那种在洗衣机里洗上一次就面目全非的衣服，脚上的皮鞋缝缝里嵌满了路上的尘土，脸上有尘土一样浓厚的妆。都说上海女子化妆，最容易化出一个风尘女子的面相来，精刮、夸张而且粗鲁。可是她们的样子，真的是标准流莺。她们的鞋子最容易坏，因为鞋的质量太差，主人又用得太狠，所以她们总是弄堂口小皮匠的常客。她们矮矮地蹲坐在小木凳上，光着一只脚,等皮匠老伯把开线的鞋修好,在静修院高墙的阴影里,那光着的脚,后跟上有厚茧,那通常是被太硬的劣质皮和不合脚的尺寸在磨破许多个血泡以后才有的,脚趾变了形,那通常是因为总穿设计不科学的尖头皮鞋造成的。那只伤痕累累的脚,让人想起它不得不套在劣质皮鞋里的委屈和辛苦。

墙内墙外的女子,就是在这样拥挤的空间里相处着,自己过着自己的日子。

说到底,这些女子总还是不甘于日常生活的人,就是静修的修女们,也不能说她们不是在追求生命之意义这样宏大的题目。不过,上海还有真正安分守己的女子生活着。她们爱自己平凡的丈夫,平凡的丈夫在宁静的小镇上尚可,但放在上海,有时简直就是对一个女子青春的浪费。她们穿家常的衣服,吃自制的咸白菜,休息天靠在自家晒满被褥的水泥阳台上望野眼。她们的目光温和平静,甚至对自己的孩子也没有太高的期待,没有觉得孩子将来一定要出人头地,才对得起她的付出。她们的嘴唇看上去有点贫血,但她们也生活得理所当然,从不真正自惭形秽。

这就是五方杂处的上海女子的最大自由。

蒂亚迷失在上海

看到蒂亚,是她到上海的第三天,我朋友做她的翻译。蒂亚是个脸色严正,随时准备钻研什么的,两眼炯炯有神绝不肯放过什么的,在工作日中杀气腾腾大步向前的十足德国人。她有一个女朋友在上海住,可她一定要等到周五才去朋友那里叙旧,即使是一个远差,从欧洲出到了中国,也绝不边玩边工作。她要发一张传真回她电视台老板那里去的时候,要把纸边的皱角都抹平了,再递给发传真的人。

她看到我的时候,远远地伸过手来,保持着一臂之距的欧洲礼貌,说:"见到你很高兴。"

蒂亚是德国电视台的纪录片撰稿人,计划要拍一套在世界各地爆炸性发展的大都市系列片,在中国他们选择了上海。在欧洲,上海是亚洲经济起飞的一个典型。她到上海来采访三周,要写一个正在爆炸式发展的上海的纪录片脚本。

为此，她在德国已经做了案头资料工作，现在来看真实的东西了。

上海是一个多么戏剧化的城市啊，就像是用马赛克拼起来的画一样，一不小心，我们看到的只是各种颜色的马赛克，那就什么也看不懂了，也许，这就是那么多人喜欢上海，又有那么多人大骂上海的地方吧，只要看到的马赛克是不同的。

那天，我们一起去餐馆吃饭，蒂亚郑重声明说，她的医生建议她不要吃鱼，所以我们没有要鱼。她把饭馆的青花茶盅推到一边，拿出本子来，翻开新一页，写下"陈丹燕"，然后把我说的关于上海和马赛克之间的关系记下来，关于上海为什么有完全不同的区域，在不同的区域里，人们的生活方式和状态，包括眼神都是不同的。蒂亚的眼睛像被擦亮了一样放出光来。

这时候，我们听到一声闷响，顷刻大地震动。蒂亚惊得脸色大变，我想那时候她脑子里一定出现了千百种在西方流传着的东方可怕的传说。我安慰她说，这是在炸老房子，上海到处在造新房子，这就是我们说上海是个大工地的原因。

蒂亚双眼一亮，说："啊!"

我看出来她那种兴奋,是写作的人发现了一个好细节的那一种。那种细节一下子点亮了她的思想。她以为自己找到了文章的第一句句子了。她这是第一次从资本主义的德国到社会主义的中国来,第一次从山一样的欧洲到水一样的亚洲来,她被说着她不明白的中国话的人,推着挤着在大街上走,被不认识的人碰得不知所措。一到晚上,她一步也不敢离开陪她来的中国人,她一介绍自己,就加上一个声明,声明自己的采访是经过中华人民共和国外交部和广电部同意的。

她像小孩一样黏在我朋友的身后,一步不离,烦得我这个朋友说,你就是一个人在上海马路上走,也没人要来强奸你的。

蒂亚不快而疑惑地问:"我不够漂亮么?"

我朋友自知玩笑开过了头,又不甘示弱,只好说:"人家上海人怕艾滋病。"

我不知道这样一个人,她怎么写上海呢。

蒂亚用一根手指在空中钻着说:"我要写一个从里面看的上海,从上海人的角度看的上海,不要从外面看,像通常德国人写的那样肤浅。我要写一个真的上海。"

在分手的时候，蒂亚问我对她的工作有什么建议，我说，小小心心地去看，不要作结论，因为你马上就会看到另一样东西，完全地不同。可这就是上海迷人的地方，它那么丰富，你抓不着它。

又见蒂亚。普鲁士人不喜欢抱怨，他们自尊而顽强，遇到了什么为难的事，他们就咬着牙左冲右突。

蒂亚说，上海不像她看过的资料里告诉她的那个样子，她到处采访，甚至在半夜十二点和人在夜总会定下采访约会，说是为了找一个据说有钱极了的人，那有钱人只有半夜十二点以后才有空。她如此的努力，可就是找不到她想要找的。

欧洲人说上海有许多暴发户，他们在上海这个不夜城里挥金如土，大买瑞士钻石表，而且把欧洲名牌鞋穿在脚上，在泥水地里乱走，那鞋子，在欧洲，也只是小小心心走在柔软的地毯上的，而这里，就在泥地里走过去！可是，她在上海没有看到这样的人。

而有人对她说，真正有钱的人，会穿老头布鞋，裤脚一个高一个低的。所以上海人要说"看山水"。

欧洲的中国报道说，上海人中间有许多失业者，知识分子很失落，可是街上每个人都在微笑，想去采访一个潦倒的知识分子，赫然看到他穿着欧洲名牌便装，许多人都在买按照他们的工资断断买不起的东西。这把她对上海的把握击个粉碎，她找不到伴随着经济时代的到来而穷了的人。

可是有人对她说，真正穷的人大多穿在一套刷得干干净净的，裤线直直的西装里。在这个经济时代的大都市里，穷人最最懂得为什么"人要衣装"。

她私下里的想法，是要看一看中国妓女什么样子。大家都知道，妓女和经济发展有某种非常微妙的联系，柏林的深夜大街上的德国妓女戴着长长的白色假发，穿小得不可再小的三角裤和长得不可再长的靴子。中国是怎样的呢？她到传说中这种女人最多的地方看，可一个也没看到。

有人对她说，要是她在那里站着四下乱看的话，她也像一个这样的女人。任何一个清纯的女人，都可能是，也都可能不是，那不是靠外表可以看得出来的。

上海啊上海，上海欧化的人举手投足里有满腔的中国气息，地道本地人忽然会说一句英文，上海的豪华房子仔细看，那么粗糙，上海的租界小楼在欧式里面有那么多东方中庸的格局，上海窄街上，黄鱼车和95型美式房车挤成了一锅粥。

蒂亚现在看上去乱了方寸，她领教这似是而非的地方了。她一定是急了，所以她点着我说："都是你说中国式最好的采访，是不记录的聊天。我一天要看那么多的东西，全部都是我从未看到过的。它们在我脑子里乱成一团，然后等我晚上坐定下来，才发现它们在彼此斗争冲突，最后全都消失了！"

蒂亚要回家了，我们又在一起吃饭。三周就这么过去了，真快。蒂亚会对上海说什么？

在餐桌边再见蒂亚，她过来就抓住我胳膊，大笑着说："你好吗？"

她吓了我一跳，她的坚定而轻声的问好和一臂之距到哪里去了？她为听到的每一句笑话笑得大抽气，跟着起哄。站在我和她之间的朋友脸不红心不跳地把她说的话翻译出来，然后对我说："她早就像换了一个人一样，在德国我都没看出来她是这样的。"

朋友说，蒂亚的女友好意请他们一起去吃饭，而蒂亚却在整个晚上容光焕发地和女友的男友调情。还说所有的钱都是女友的男朋友付的,女友只不过是陪着吃饭的那个人。气得她的女友当场翻了脸,第二天,还要冲到酒店来与酒醒的蒂亚再次理论。

我朋友的好友,是上海很有名的文化老人,请了朋友去吃饭,也把蒂亚一起请了,在席上蒂亚一高兴,就要做老人的德国女儿。那老人讲究体统,看着蒂亚不说话,可是蒂亚以为他没有听懂,说了一遍又一遍。

在螃蟹席上听着蒂亚在上海的劣迹,我和朋友看着蒂亚被绍兴黄酒激红的双颊,方才她还辞酒呢,转眼人家一劝,就喝了一盅又一盅。朋友说,蒂亚以为这样才能放弃德国人的视角,怕只怕是把德国人的视角放弃了,却并没有就此得到了上海人的视角,从里面看得到上海。

蒂亚说自己是个动物保护主义者,至少不能吃连头一起上桌的动物。而且医生也叮嘱过她不可以吃水货。在席上她现学了一句中国话,说:"谢谢,我饱啦。"来婉拒螃蟹。

可是当小姐真的把红红的中国大闸蟹布到她的碟子里,把一套蟹具分给她,她看到一桌子说了整晚话的人,个个闭嘴低头,心花怒放地吃大蟹,也毫不为难地跟着吃起来。她迷惑地检查着螃蟹灰白的肺叶,用她几周前坚定地指向天空，说要从里面写上海的那根手指拨拉它们，又试试它们的软硬，盘算它们到底可不可以吃。

望着她通红的脸，我有点不忍，上海真的太为难她了。于是我建议说去看看古旧市场。那里也能算得上是上海一百年历史的缩影了。我听到过一支外国的电视小组，最后靠它热热闹闹地回国交了差。

蒂亚说："你知道我们在德国怎么说吗，我们说，当你实在不知道该怎么办的时候，就去拍一个市场。那是糊弄人最好的办法。"

到底是严肃的蒂亚，再迷失，还是敬业。再难为她，还是要做下去。

二两散装色拉油

将色拉油间或加入到蛋黄小碗中,用一双筷子顺时针方向搅拌,且拌且加入色拉油,直到蛋黄与色拉油完全融合成厚实的蛋黄酱为止,搅拌过程中不可改变顺时针方向,一路到底。

被隔离的传统

——台北市立图书馆的演讲

我是怀着要当作家的梦想去读大学中文系的,因为我认为可以在老师的指导下读大量的书。而一个人得读许多书以后,才可能成为作家。十八岁时候的许多想法现在都多少改变了,可是这些想法,我还是觉得不错。

那时候如饥似渴地读书。于是很快发现了一个问题:好像我更能接受西方的作品,更愿意读翻译作品,在上大学以前,不知不觉中,也已经读了不少。读它们,可以从坐着的椅子上一点一点把脚伸长了,全身都放松了,头变得很重,所以它和全身一起向椅子里沉下去。那时候,所有的感觉只在手里的书上。而读中国古典作品,读了,读懂了,参加了考试,完成了学业,古典文学还考得不错,可在我的内心,对它们没有感动,即使是对唐诗宋词和《红楼梦》也没有感动。我知道我应该读它们,于是,整个人危坐在桌前,怀着排除万难去争取胜利的决心,像高中时代大多数复习物理的女生那样。

中国的传统文化好像是我父母的客人,对它们,我客客气气,敬而远之。要是坐在一起时间长了,多少就有些不自在。

这也许和我们这一代人的童年阅读经历有关系。我小学一年级"文化大革命"开始,在我还不认识字的时候,一个小孩子可以找到的书,已经差不多都被烧光了。孩子是不能公开读1966年以前的出版物的,而1966年以后公开出版的书,几乎没有。所以,孩子读的书,大多数是在私下借的。大人们对此眼开眼闭,要是老师看到,就会出面禁止,而激进的孩子看到了,则是大麻烦。所以,借旧书来看,是当时由孩子自主选择的一种秘密的生活。

虽然是小孩子,还是为自己的借书形成了细密的规矩,书在孩子的心目里被分成了不同的等级,最好看的书公平地与最好看的书交换,不那么受欢迎的书,要两本才能换到一本一等的书,常常书的档次不对等,可是一方的小孩又拿不出来两本书,那就应该缩短出借的时间,比如一本四百页的书只能借一晚上,第二天上学的路上就要还。如果要放宽限期,那要看从前这两个孩子之间有没有交情,有时这个孩子有可能拿到好看的书,也可以是一个条件。总之,动荡年代的一切优势都可以转化为借到一本书的条件。

而那个年代,不知是由哪个饥饿阅读着的孩子制定了,所有的儿童世界都遵守了的好看的书的标准,是一本真正的欧洲翻译小说,而且要有爱情故事的,最好还附有原版的蚀刻画。那样的书经过不知道多少孩子尚不知爱惜书的手的翻阅,常常早已没有了封面,也没有了结尾,所以,读者常常忽视了是谁写的书,是哪一个欧洲国家的人写的书。

我小时候,是那些孩子中积极的一个,在那样的阅读中,我可以把一本书看得飞快,而且记住,然后,像牛一样,再一点一点回想那些故事和对话里的含义。

直到后来在大学里开始按照老师的书单读书,我才明白,当时在孩子中广泛流传着的,是十八十九世纪的欧洲文学作品,法国的,英国的,俄国的,还有二十世纪初的苏联作品。那些书常常是1949年以前出版的繁体字本,敲了"沪江大学图书馆"的蓝色图章。那些书应该可以算是五四运动以后,全盘西化思潮的产物,到了七十年代,社会回到半个世纪以前,再次完全与外部世界隔离,它们又充当了一次一代努力西化的孩子的精神食粮。

我不知道是哪个孩子为我们这一代孩子定出了这样的阅读取向,那样地充满了我们所从来没有意识到的五四时代的阅读趣味。在一个书荒的时代,我们做不到像鲁迅所号召的那样:"不读中国书",我们无法按照必读书单读书,漫长的成长过程中,谁也不知道什么时候可以借到什么书,也不知道下一本书有没有名字,是怎样的故事,最无聊的时候,连《赤脚医生手册》也看,也由衷赞叹医书上的语言,可以用那么短、那么形象而精确的句子把病症描绘得触目惊心。可一旦可以选择,我们还是做出了自己的选择。

而就是通过那破破烂烂,但激动人心的书,我渐渐希望自己将来能当一个写书的人,写那样的书,写出那些撕得不知去向的第一章和最后一章。那是我报考中文系的动力。1978年,中文系被认为是个危险的地方,毕业出来,干的是最容易在政治运动中犯错误的职业。但我的父母像当时默许了我读各种其实不合适青少年阅读的书一样,默许了我的中文系,虽然他们认为这种志愿极其脱离现实。

在我们刚刚开始接触中国传统文化,包括中国历史的时候,半生不熟地,我们跟着整个国家经历了对儒教和孔子的批判和嘲弄，举国上下，把孔子叫做孔老二，还说他一面说要远离厨房，一面又说要食不厌精，是两面派。在学校发给我们供批判用的小册子上，我最初读到了《论语》的片段。要是说在五四时代，青年们要很严正地"打倒孔家店"，要控诉吃人的礼教，要与庞大的中国传统文化抗争，到了七十年代，我们已经觉得是无聊地在死牛面前抖动红色斗篷，对那些传统已经相当麻木与隔离。对孔子的再批判，在中学校园里，当时是不那么好玩的游戏。

公开地、被鼓励地与全国人民一起大读《水浒》，那是因为当时的造反派要借《水浒》指责周恩来，所以，一部《水浒》是伴随着连青少年都能感到的政治阴谋来读的。在动乱中成长的半大的孩子，心里十分厌倦自己所不能理解、可又影响了自己安全感的政治斗争，一部中国古典名著中的重重阴影，使人感到的总是蔑视与阴谋。

其实，我们接触中国传统文化的机会还是比当时接触西方文化的机会要多，但是，因为传统文化常常是被当时政治斗争的需要所利用，使它们的形象十分可疑，而被我们全盘地放弃。特别是当时孩子容易找到，并被鼓励去看的历史读物，其中对中国历史和历史人物不负责任的篡改，这些并没有逃过年轻读者的眼睛与智力，反而让人觉得中国的传统里到处都充满虚妄的谎言。

我相信在中国的文化传统中，有着许多非常好的东西，只是我们已经是被完全阻断的一代人，已经无法对它们产生真正的血缘感情。

而大量的翻译作品，同样是禁读之列，但它们不曾被利用，它们没有与周遭动荡现实的沟通，完全是一个充满感情力量的不同的世界，但是无端被禁，就像孩子所向往过的许多事物，这样的遭遇反而让孩子怜惜，因而它们便有了格外的凄美，孩子对它们也格外生出了同情。

其实，是一个特定的时代与特定的经历，使得我们这一代中的许多人有了这样的阅读经历。

回想起来，那时在萧条的街道上嬉闹奔跑的孩子们，其实在麻木不仁的表象下，在自己的游戏规则中已经有了自己的判断，这样的判断就影响了那一代孩子中后来成为作家的那些人。我相信一个作家在自幼阅读中形成的趣味，是影响他写作的重要因素。

那些喜欢或者写比较长的句子，常常将长长的状语和定语放在句子中间，还喜欢用两个逗号逗开的人，那些常常会用在中译文里出现的新词——一些在原来的汉语语文里没有,从外文中翻译过来时为了传神而由翻译家自创的词的人,那些在描写事物时不容易做白描的人,有时我猜想,大概他们和我一样,是在那个年代建立起自己的阅读结构的人,而且是通过漫长的阅读,渐渐建立起表达特点的人,是那些读了太多翻译作品的人。那些书,使我们将中文的译文当成了我们自己亲切的语文。我们所吸取的是译文中那中西合璧式的营养,来自不完全的西方文明和不完全的中国文字,那是一个由翻译家改良了的中国文字系统。这个系统就是我们天天在纸上使用的语文。

九十年代的上海
——在中国现代文学馆的演讲

十九世纪六十年代,上海正在夜以继日地成长为一个远东的现代都市,它如同一个少年,血脉贲张,欣欣向荣,每天都有成长的发现与惊喜,同时也经历成长的困惑、疼痛,以及恐惧。

那时上海最好的土地,最繁忙的港口和最繁荣的外国人租借地,是在接近外滩的英租界。

当经过数年的努力,与上海道台多次交涉,终于,在上海英租界工部局的一次例会上,通过了在外滩英国领事馆对面的滩地上建立一个公共公园的决定,工部局决定承担资助和管理公园的责任。在那十年的工部局例会上,同时讨论过建立上海第一座自来水厂,建造上海第一座钢铁桥梁,治理夏季中国戏院和茶馆发出的噪声,向租界的中国人征收房屋税,以及建立第一座口岸城市的性病医院;以及,从英国定做铸铁栏杆与公园大门，从欧洲聘请园艺师，建造一座公共公园。当时，英国人只知道他们将有一小块如纽约下城的BOWLLING GREEN差不多大小的公园，供他们散步，供他们的孩子玩耍。上海人只知道道台用一小块长满野芦苇的滩地换来了疏通黄浦江淤泥的资金，上海人和英国人在租借滩地的合约里明确了，这一小块土地仅用于大众娱乐，不可用于商业。但没有人知道，这是在中国建立的第一个向公众开放的公园，不同于中国传统的私人园林，它将成为在上海历史上最有象征意义的、充满冲突的焦点。

当公园绿草如织，第一批发现那里不是公共公园，而是只供上海外国人社团娱乐的外国人园林的人，是从美国学成归来的中国传教士、最早与外国人打交道的洋行买办和留学生们。他们为此开始了漫长的抗议。他们认为，如果是用纳税人的钱建造和管理公园，如果这是向公众开放的公园，就应该对所有租界居民开放，而不是仅仅对外国人。从这时起，上海人在报纸上知道了公权与私权的概念，知道了私人园林与公园的区别，知道了自己作为一个现代城市的纳税人的权利。世界主义是上海人思想上众多主义中最重要的支持。英国人知道了租借地与殖民地的不同，他们必须尊重上海本地纳税人的权利，学习与上海人平等相处，就像稍前他们学习与日本社团平等相处一样，经过漫漫六十年的摩擦、流血、妥协和权衡，工部局终于有了三个中国董事入席，在中国人承诺遵守所有游园规定后，外滩公园终于向所有居民开放。华洋杂处，此刻终于成为充满矛盾与偏见，但唇齿相依的现实。

工部局局长达二十七册的例会记录里，有一句深刻的话让我一直记得，用的是抱怨但面对事实的口气："工部局的历史，就是不断妥协的历史。"在中国人这一边，何尝不是不断妥协的历史呢？混血的城市，必定是建立在于冲突中不断妥协的基础上的，妥协是混合的开始，这样，渐渐地，不中不西的城市出现了，它并非是传统的东印度公司东方航线上的殖民城市，比如孟买与香港，上海的混血性更为复杂，它有英国式的制度，也混合了海外英国人特殊的傲慢与狭窄，有法国式的文化，这中间混合了来自彼得堡旧俄时代的法式俄国趣味，有犹太人的生意经，那种生意经里带着战乱时期的苟且，还有从印度和越南这些殖民地来谋生的人们带来的漂泊与短视。将它们混合起来的，是上海人的来者不拒，精明，乐观，坚韧与自强。要说全球化，在十九世纪六十年代，上海已经是一个建立在全球化基础上的城市了。嘉道理爵士在上海淘金，当进入老年后，他曾经回忆说，世界上没有一个城市，像两次世界大战之间的上海那样国际化，在那里，他学到了怎样成为一个世界公民。

的确，上海就是这样独一无二的城市，面容怪异，气息复杂，犹如一个混血儿。所以，它也是孤独的。在传统的中国文化中，可以说，他是丑陋和不光彩的，他带有身份的原罪，是天生的异类。当然，杂种可以是一句骂人的话。但同时，没有人否认杂种常常是最聪明、最优秀的那一个。上海自开埠以来，就是对自己的生活怀着各种目的的人向往的地方，犹如纽约。怀有各种梦想的人背井离乡，来到上海寻找自己的运气。在十九世纪末，上海开埠五十年庆祝的时候，在上海的外滩曾挂出这样一条英文条幅：世界上有谁不知道上海。那是当时在上海创业的外国人的骄傲。如今，经历多年封闭以后，上海重新向世界开放，在上海街头、地铁、酒吧，到处都能看到从世界各地来的寻找机会的人，上海因为恢复了它原先的港口的流动性，重新成为一个吸引人的地方。

1992年以后，上海的经济开始起飞，上海遍地都是建筑工地，穿行在带有建筑灰尘的空气中的，是各种各样来上海寻梦的人们。大学里的毕业生来这里寻找自己的第一份工作，离开土地的农民也来寻找自己对富裕的梦想，作为外国公司海外雇员的德国人和美国人以及荷兰人，在这里得到远比本国同事丰厚的报酬和舒适的生活。几乎所有的人都说，能在上海多久，就待多久。这个城市有着大城市的冷酷，但也有着类似混血儿在文化上的宽容，这是一种类似可以为所欲为的气氛，在这个城市里，不同的人都能找到一个让自己感到舒服的角落，让你有可能建立自己的新生活。

到1999年以后，淮海中路传统商业区的道路两边，到处都是法国名牌、英国名牌、意大利名牌，甚至中国香港名牌，那些新款的衣饰与首饰在二十年代以后建造起来的折中式建筑的底层店铺里散发着世界主义的光彩，那些建筑还保留着用于遮阳的回廊和斜坡屋顶。外滩最初的洋行建筑也是这种式样。时髦的女孩们文雅地舔着和路雪牌的冰激凌，她们身边，常常陪伴着一个外国男友。我身边的女友们，常常因此而离开中国，远嫁世界各地。在国际饭店的宴会厅里，我在一个女友与她爱尔兰男友的婚礼上，知道了爱尔兰的婚礼仪式上，要在新娘的腿上套一圈花边，由新婚的丈夫用牙齿将花边褪下,表示这个女孩的出嫁。

而在上海,也越来越多地可以接触到能说流利中文的外国人,甚至精通社会主义政治经济学的欧洲生意人,那是一个比利时人,我认识他十多年了,看着他在中国开始他的海外代表的第一份工作,然后,为了更好地与中国人沟通去大学选修连中国学生都不重视的社会主义政治经济学,然后,渐渐成为一个成功的生意人,他在上海的家里,像在上海的外国人住宅流行的风尚一样,用中国鸦片床做沙发,用明代的衣柜做电视柜,一派华洋混合的风格。

我对上海再次出现与历史上曾经有过的繁荣时代看上去惊人相似的情形深感兴趣,这如同翻动煎饼般的生活,对一个作家,提供了无穷探究和表达的乐趣。上海其实是不可能再回到1846年去,一切再来一遍的。但,令我惊奇的是,它那种混血的气质,却历经沧桑,仍旧顽强地活在一代新上海人的生活和感情中,成为他们生活的底色。这种气质,如同大地年年回春一般不能被改变。当我用这些故事写作,就像一步一步跟随弗洛伊德的著作返回自己的内心与过去,对一个上海作家来说,这样的写作是寻根之旅。1992年以后,我开始写下身边发生的事,写城市的历史与现实的奇妙连接,写这个城市里的人们怎样用自己的方式经历开放与禁锢的生活，怎样为保留自己的生活方式而竭尽全力。从前我认为自己是一个非常西化的人，在漫漫十年对上海故事的写作中，我也开始因为写作上海故事而认识自己，知道自己是一个深深得益于上海混血文化的人，它给我的包容和开放的立场，让我能够更好地接近事物的真相。

光明牌中冰砖

用半块即可。调味,为增加色拉中的奶油味道和润滑的口感。

星光灿烂之夜

在阳台上看到了夏天的星星，站在太阳的身边，她小小的身体中升上来了孩子的芳香。我心里突然有什么东西涌上来，有多少时候没有看到这样蓝瓦瓦的星空了？

在生活里的人，没有时间特别去看夏天的夜空，因为你爱的人就在身边，你看他们更多一些。

一个人的时候才可以真正看清楚星光。

那是在德法边境上的一个小城的深夜，躺在黄色城堡的石阶上，为了等午夜下班的朋友。那里有一个和上海的小楼很像的法国小楼，在春天的时候，门楣上缠满了盛开的紫丁香，在星光里静静地伫立。

还有一次，在西班牙北方的海边，离厄尔尼卡不远的地方。夏天已经过去，可是我没有感到。到帐篷营地的时候，才发现营地已经关门了，本来会很热闹的吧里只有营主人的女孩在看书。夜里，这里的山崖面向着绿色的海湾，那天我看到了松针里的大星星。它们像小时候对生活的想象一样，又大又多，又灿烂地在天上闪闪发光。那天，我看到了星星组成的大熊，还有我的星座，那是一个半人半马的神。

那是我第一次在天上清清楚楚地看到我属于的那些星星，好像那里是我不能回去的家。天上的我，手里拿着一支箭，要向什么地方射过去。

一个人仰着头看星星的时候，发现星光灿烂的时候，夜空是那么的美丽，那么的悲伤！那时候，被埋在心里的，没有实现的心愿，像苏醒过来的人一样，一个，一个，从本来你不知道的地方，双手撑着地，站了起来。

喜欢别人东西的滋味

在我开始去旅行的时候,绝没想到有一天我会为我在这十年里断断续续的旅行写一本书,开始的时候,一个人,带着自己书的版税的钱,背上照相机和晕动药,在一年辛苦工作以后远走他乡,没有旅伴,没有导游,甚至连自助旅行的书都没有,凭着一张地图,住朋友家,或者鸡毛小店,实在是因为沉迷,沉迷在独自一个人那种自由的乐趣里面。

一个人,背着一只包,走在异乡的街道上,听着满耳朵不懂的外国话,像童话里一个丢了主人的影子似的,一个不必跟定主人的举动而举动的自在的影子似的,那种感受有多么开怀,多么自在,多么放纵,多么紧张,多么想入非非但是又警惕百倍,是我不能形容出来的。那些异乡的街道,房子,教堂,广场,小饭馆,咖啡馆靠窗的静静的桌子,充满了孜然香的阿拉伯碎肉饼摊子,一点一滴地引导着前面的道路，像夜晚晴空的星星，在那样晴朗的星空下。找到了北斗，就想要找到大熊星座，然后就是射手座。从长崎，到了慕尼黑，然后是柏林、罗马和巴黎，还有萨拉曼卡以及波尔图，以及圣彼得堡和卡拉卡夫，当然还有维也纳和托斯卡纳。它们是我自己天空上的星星，我的一小段生命在那里闪烁着自己的光芒。

直到有一天。

有一天，在美国的东海岸，路过康涅狄格州的纽黑文，看到一片大海，开车的人说："那是大西洋呢。"这时候突然想起来，有一年，一个黄昏在葡萄牙的海边，冰凉的暮色里看太阳从正中落到大海里，因为是在正西的缘故。那时候惊醒过来，原来这样一年不知下一年的旅行，一个人慢慢地，从大西洋这一头的大陆，走到了那一头的大陆。

虽然算命的人说过我有十一年的驿马运，可我从来没有想到过可以走得这么远，也没有想到过，可以用这么多的时间，每一次，都以为这是最后一次，最后一个城市。十年的旅行，那些萍水相逢的人和事，在那一年大西洋灰色的波涛中一一涌现出来，我也从没有想到过，竟然有那么多留在我的心里，几乎伸手可及，但却早已浪迹天涯。

我知道自己要写一本关于旅行的书了，我想起来每次在一个城市安顿下来后，第一次上街，背着一只包，手里握着地图时，那种无法形容的心情，我想这本书的名字就应该叫《喜欢别人东西的滋味》。那样的开怀，自在，放纵，紧张，沉迷，感动，疏离，那便是喜欢了别人东西的滋味啊，它们浮沉在层层叠叠的人与事里，像那些大西洋灰色波涛里红红的鲤鱼。

可是等到开始真正动手写起来，却发现它其实应该是五本书。每本书都有自己的名字，这样，那最初打动我的名字，就变成了这篇小文。原来在经历了一次又一次旅行，我那绿色的行李箱哗哗地在去机场的路上滚着时，我成了一个懂得喜欢别人东西到底是什么滋味的女子。可以说，在我平静的生活里，我是在那绿色的箱子下的四个轮子哗哗的滚动声里渐渐成熟起来的吧。

小战士站在杨树下

那是拉萨的一个傍晚,清澈的天光笼罩着好遥远的地方,天蓝得像一个很深的洞,阳光像箭一样飞来飞去,这样清澈得没有污染的空气里,真让人想不到竟然没多少氧气。

因为缺氧,我的前额痛得像有什么东西要炸出来一样。

军营里种着一些高大的杨树,杨树叶子在不能感觉到的风里忽闪,《圣经》上说,因为钉耶稣的十字架是用杨树干做的,所以杨树总是不停地疼得哆嗦。

那些为耶稣而哆嗦的绿叶子下,年轻的小战士在打篮球。他们是我从没有想到过的年轻,脸上还残留着青春期中的那种憨胖和莽撞。那样的男孩子年轻的脸,后来我在岗巴的哨所上看到过了,在塔克逊看到过了,在尼木兵站的大通铺上看到过了。我没有想到那冰雪漫天的边防哨卡上,是这样娃娃脸的列兵们在守着。

他们那刚刚长结实的肺里，只有百分之六十的氧气，过几年，他们的心脏会渐渐肥大，眼白会永久性地充满了血丝，脸会变得紫红紫红的。军官们总是说，他们年轻，没有问题，所以大多数在生命禁区里的边防哨上，都没有准备氧气。

结实的篮球击在地面上，声音响亮，像是许多贵重的瓷盘子被一下一下摔破了。

那个小战士仿佛是突然出现在杨树下的，明澄的天光那样柔和而明亮地照耀着他黑红的脸。像接受了太多紫外线的高原人一样的黑红。只是他的脸很干净，也很宁静单纯，真的还像是个远离红尘的少年。有很久我没有看见过这样单纯的男孩子的脸了，单纯得像一块随时会碎的晶莹的玻璃。他嘴唇上有淡淡的毛胡子，他的腮上有一长溜汗毛的阴影，将来他也许会长成一个毛发茂盛的男人吧。

他把一小卷纸握在手里，隔着车窗问我："你是下午来的作家吧？"

我说是。

下午我们有些人去参观连队的图书馆，有一群小兵背窗坐在我们对面的桌上，光着头，穿黄衬衣。他们突然让我想起我高中时代班上的男生来。开班会时,他们也是这样一长溜地坐在女生对面,哪怕是东倒西歪地坐着,眼里面也总是闪烁着少年对世界唯恐虚度此生的跃跃欲试。记得有一个男生把满脸的青春痘涨得紫红地说,就是将来做希特勒遗臭万年,也比默默无闻过一辈子好。虽然他被老师臭骂一顿,但那不凡的志向在同学们中虽败犹荣。那些拉萨的小兵让我想起这么遥远的小事来了,只是小兵的眼神里多了自律、驯良和孔武之气,那是因为他们已成了战士的关系。在他们的寝室里,我看到陆军用的被子叠得板板正正的,里面像是有小薄板衬着,在那样的单人床上坐下,觉得自己无端破坏了什么,那样的不安心。

一起去的人都喜欢拿了他们的钢盔照相,堆起一脸的英雄气,而实际上却更像是户籍警察,警察与士兵有种宛如正剧和悲剧的差别。

眼前这个小兵,是下午那班兵中的一个吧,他们望着我们这些作家,满心的信任与欣喜,那是些多么热烈而单纯的眼睛啊。

在塔克逊哨所,7月的上午和小兵一起围着羊粪炉子取暖,也有这样的眼神的小战士说,他真想能够打仗,能够在军营时参加一场真正的战争:"死了是狗熊,活着就是英雄。"他说。

军官在边上为他解释说:"中国军队打起仗来是出了名的勇敢,因为那是些干干净净的娃娃兵,没有家室之累,枪一响就拼命向前冲,死了拉倒。"

杨树下的小兵举着一小团纸给我:"我写的,给你。"

是从日记本上撕下来的纸,我匆匆看了一眼,上面写着"人是万物之灵长",那是文艺复兴时代赞美人的名言。

"哪怕是投入我们的生命,也要在所不惜,这样的生活才有激情,才有分量。"这是他自己写的格言,那是十六七岁的人的爱好。

拉萨傍晚明澄的天光将杨树叶子照得亮晶晶的,即使没有风吹过,它们也总是在微微哆嗦,闪烁着许多细小的明亮的绿色。西藏的兵大多从四川和贵州贫困的农村来,十六岁,十七岁,带着一团建功立业的孩子气,千里迢迢出来当兵了。这孩子也来自农村,在乡野里长大,也是怀着对自己一生的期待和激情来当兵的吧。

我接过他递来的那团纸,他的作品。

这样的情形我经历过许多次,有时是一个文学青年想要得到指点,有时是读者想要和我成为朋友,有时是自己很可心的作品,想要找家杂志发表。

我说:"好,我会看的。"

他向我敬了个礼,转身就往篮球场跑。

我叫住他,我说:"留下你的名字和地址吧,我看完和你联系。"

他停下来,挥挥手,说:"不用,你看看我写的,就行了。"

    傍晚时分,我站在山顶上,稀稀落落的晚风来得有急有缓,有紧有慢,并且不时地在我的两耳旁奏出仿佛大提琴那种低沉、哀怨的调子。循着凉爽的晚风,视野变的(得)逐渐开阔,并且飞快的(地)掠过青灰石的山脊、森林,久久的(地)静止在那轮即将坠入深谷的夕阳上。那些边上遥远的青云翻腾着细浪,从深不可测的天边跳跃着要攀登那已被金色笼罩的云峰。奋力,或者我,包括我的思想,也在飞升上浪尖,但是不久又复坠入谷底,我在忍受生命极限时的苦楚。希腊神话里的西奇弗受到宙斯的惩罚,日复一日推石上山,升而复坠,坠而复升,他想让勇士的心灵在不断的打击中走向毁灭。但是勇敢的人们不屈的意志赢得了自由。我无所畏惧,我的最大的最终的敌人是我自己,只要我多坚持一分钟,离成功就迫近了一分钟。苦难只是虚设的幻境,就像眼前黑暗迫近,只要我的心灵是光,只要我的眼睛有希望,我坦然地对视着夕阳收敛了最后一抹余晕,青黛色的山脊起伏地伫立在脚下,不远处的村庄被黄昏的炊烟(笼罩),缥缈得像一位深沉的少女,洁白的飘带、沉思的眼睛,猫头鹰的叫声回响在空谷中,晚风中流动着一种充满生命气息的小夜曲。

十月初一午搁笔

这就是小工兵的一篇作品。

傍晚站在杨树下的那个小战士。

跋

　　1986年到2011年，这二十五年我度过自己整个青年时代，度过了三十岁、四十岁、五十岁。我在少年时代曾对闺中女友说，到了三十岁，就自杀吧。在少年的心目中，一个人过了三十岁，可谓老朽，生命的灵光一定已经熄灭了。少年时代激烈的心情里，不希望自己如茶花那样活着，谢在枝头上，像一块朽烂的红布。

　　因此，这二十五年对我来说不可思议地遥远，但不可思议的是，如白驹过隙，它转瞬之间便已过去。三十岁时，觉得人生有诸多责任与留恋，我还有条新裙子没穿呢。四十岁时刚刚完成《上海的金枝玉叶》，正迷恋非虚构写作的那种空间感，准备写《上海的红颜遗事》。五十岁时在北极见到了神性的自然，突然得到了自然的精神抚慰，世界在我面前展开了越来越宽广的道路,我觉得自己每一条皱纹都来得不容易,每一根白发都有变白的理由。原来,生命的成熟是这样完成的,好像交学费那样,你交出青春,换得智慧。

这三本编辑成册的散文,是我在这二十五年中点点滴滴写下的生活记录。我身处一个巨变的时代,偏安于几条背静的街道,独自坐在椅子上,探望奔涌而过的生活。它们是我记录我之所见的过程中,自己渐渐成长的感受。比起我见识过的那些风起云涌的人生,比如黛西,又比如姚姚,甚至三三,还有颜永京,这些散文记录的我的生活,真是太静了。只因为我身处这个时代,所以两相对照,能看到这时代映照在我生活寂静的池塘里,原来倒影如此。

远离少年时代,我渐渐以为,造就一个人的背景,一是他的出身,二是他的时代。一个人的阅历看似只是接受命运,其实也是出身与时代在这个人身上无穷的变奏。少年时代的女友如今还时时见面,彼此望着对方皱纹中的笑影惊叹,原来我们都没自杀,转头一望,却发现三十岁时还太年轻和潦草。

陈丹燕

图书在版编目（CIP）数据

上海色拉／陈丹燕著. — 杭州：浙江文艺出版社，2012.6

（陈丹燕阅历三部曲）

ISBN 978-7-5339-3421-7

Ⅰ. ①上… Ⅱ. ①陈… Ⅲ. ①散文集—中国—当代 Ⅳ. ①I267

中国版本图书馆CIP数据核字（2012）第087802号

上海色拉

作　　者：陈丹燕
策　　划：曹　洁
责任编辑：童炜炜
装帧设计：陈太阳

浙江文艺出版社　出版发行

地址：杭州市体育场路347号
网址：www.zjwycbs.cn
经销：浙江省新华书店集团有限公司
印刷：上海中华商务联合印刷有限公司
版次：2012年6月第1版　2012年6月第1次印刷
开本：787毫米×1092毫米
字数：110千字
印张：6.625
插页：5
书号：ISBN 978-7-5339-3421-7
定价：26.00（精）

（如有印、装质量问题，请寄承印单位调换）